KB062327

야산에 묻혀 버렸더니 7 완결

2023년 11월 8일 초판 1쇄 인쇄
2023년 11월 13일 초판 1쇄 발행

지은이 소수림
발행인 강순규

기획 이기헌 왕소현 임동관 박경무 강민구 조익현
책임편집 천기덕
마케팅지원 이원선

발행처 (주)로크미디어
출판등록 2003년 3월 24일
주소 서울시 마포구 마포대로 45 일진빌딩 6층
Tel (02)3273-5135 Fax (02)3273-5134
홈페이지 rokmedia.com E-mail rokmedia@empas.com

© 소수림, 2023

값 9,000원

ISBN 979-11-408-1165-6 (7권)
ISBN 979-11-408-1158-8 04810 (세트)

UTOPIA

야산에 불 혀버렸더니

소수림 현대 판타지 장편소설 7 완결

CONTENTS

거짓 충성을 맹세하다

'좋아!'

도혁수는 결정을 내렸다.

석기의 뜻에 따르기로.

하지만 전화상으로 성수에 대한 정보를 쉽게 주현문 총수에게 넘기고 싶지 않았다.

직접 만나서 그의 눈으로 똑똑히 주현문 총수의 추악한 낯짝을 보며 말하고 싶었다.

주현문 총수는 과거에도 그러했지만 현재도 여전히 양심 없는 인간이었다. 특히 성수에 대한 정보를 전하면 총수는 그것을 반드시 손에 넣고자 욕심을 부릴 것이다.

"자세한 것은 직접 찾아뵙고 말씀드리는 것이 좋겠습니

다."

　-그렇다면 집으로 오게. 이제 몸이 예전 같지 않아 이번 주는 집에서 쉴 생각이라네.

　"그럼 지금 출발하겠습니다."

　몸에 좋은 것이라면 하도 처먹은 총수였기에 몸이 좋지 않다는 것은 새빨간 거짓말임을 알고 있다.

　중요한 정보가 도혁수 입에서 나올 것이라 여긴 총수는 은밀히 도혁수를 집에서 보려는 속셈일 터.

　도혁수가 회사 주차장으로 내려왔다.

　차에 올라타 시동을 걸려는 순간.

　웅웅!

　핸드폰이 울렸다.

　석기의 연락이었다.

　한강변에서 봤던 석기가 다시 연락한 것이다.

　하여간 잠시 석기와 통화를 나눈 도혁수.

　그가 핸드폰을 조작하여 뭔가 확인하더니 눈빛이 확 변했다.

　부르릉!

　차를 출발시켰다.

　입을 꽉 문 도혁수의 분위기다.

　그렇게 차를 몰아 도착한 곳은 바로 평창동 대저택.

　현재는 주현문 총수의 집.

하지만 과거에 이곳은 천운그룹의 회장 부부가 살던 집이었다.

천운그룹 회장 부부가 죽고 나자 주현문은 옳다구나 대저택을 그의 명의로 돌려 리모델링을 한 다음 들어와서 살게 되었다.

그랬기에 만일 천운그룹 회장 부부가 살아 있었다면 이곳은 석기의 본가가 되었을 것이다.

"총수님께서 서재에서 기다리고 계십니다."

현관에서 대기하고 있던 집사가 도혁수를 서재로 안내했다.

"어서 오게나."

서재에서 차를 마시고 있던 주현문 총수가 눈을 빛내며 도혁수를 맞이했다.

반들거리는 주현문의 동공에선 탐욕과 호기심이 가득해 보였다.

집사를 밖으로 물린 주현문 총수가 도혁수를 자신이 자리한 소파의 맞은편에 앉도록 했다.

도혁수가 마실 차로 보이는 찻잔이 그가 자리한 테이블에 떡하니 놓여 있었다.

그를 위한 배려 따위는 없다.

그저 도혁수가 가져온 정보가 궁금했기에 더는 서재에 집사가 들어오는 것을 막을 의도로 미리 도혁수가 마실 차까지 준비했을 터.

"양평 연구소에서 건진 것이 대체 무엇이기에 직접 만나서 얘기를 하겠다는 건가?"

주현문 총수는 도혁수에게 과거에 천운그룹에서 연구하다 폐기처분된 핵심 물질을 알아보라는 지시를 내린 상황이다.

그래서인지 총수는 궁금함을 억누르지 못하고 도혁수가 소파에 엉덩이를 붙이기가 무섭게 재촉하는 태도를 보였다.

그런 주현문 총수의 모습에 도혁수는 속으로는 이를 갈고 있었지만 겉으로 보이는 그의 태도는 매우 공손했다.

"유토피아 신석기 대표가 운 좋게 총수님께서 찾으시던 핵심 물질의 일부를 손에 넣게 되었던 모양입니다."

"해, 핵심 물질의 일부를?"

주현문 총수의 눈이 확 커졌다.

핵심 물질의 일부였지만 그래도 찾던 것의 조각을 찾은 것에 가슴이 마구 두근거렸다.

반면 도혁수의 눈빛은 침착했다.

석기의 말로 주현문 총수가 성수를 훔칠 경우 오히려 그것이 잘 된 일이라고 했다.

그 말을 믿고 이런 정보를 꺼낸 것이다.

그리고 석기와 한편을 먹은 것을 감추고자 연막이 필요했다.

석기가 천운그룹 회장의 혈육이라는 것이 주현문 총수에

게 절대 밝혀져선 곤란했다.

그걸 알게 되는 순간 주현문 총수는 과거에 저질렀던 죄를 은폐하기 위해서라도 석기를 반드시 죽이고자 나올 테니 말이다.

"그게 핵심 물질의 일부라는 것을 어떻게 증명할 수 있는 건가?"

역시 탐욕도 강했지만 의심도 많은 인물이 바로 주현문 총수다. 남을 쉽게 믿지 못했기에 아마 도혁수도 믿지 못하고 있을 것이다.

"……."

도혁수는 탐욕으로 이글거리는 총수의 동공을 지그시 주시하면서 속으로 몸서리를 쳤지만 겉으로는 포커페이스를 유지함을 잊지 않았다.

"그쪽에서는 그걸 '성수'라고 칭하고 있더군요."

"성수?"

"성스러운 물이란 의미일 겁니다. 참고로 과거에 핵심 물질이 마야유적지의 지하수에서 발견되었다고 알고 있습니다. 그런 점에서 핵심 물질은 물과 연관이 있음이 아닐까 싶습니다."

연막이 필요하긴 해도 진실을 완전히 숨길 수는 없다.

석기가 도혁수를 믿고 성수를 총수에게 까발리라는 말을 한 것이니 그로서도 총수의 귀를 솔깃하게 만들 얘기가 필요했다.

"흐음, 타당성은 있는 얘기일세. 한데 신석기 대표가 어떻게 핵심 물질의 일부라 볼 수 있는 성수를 손에 넣게 된 건가?"

주현문 총수의 의문이 아직 가시지 않은 태도에, 이것을 위해 준비한 것이 있는지 도혁수가 품 안에 소지한 핸드폰을 꺼내 테이블에 내려놓았다.

"그 점에 대해선 제가 설명을 드리는 것보다 신석기 대표가 하는 말을 직접 들어 보시는 편이 좋겠습니다."

"신석기 대표가?"

"어제 신석기 대표가 양평의 연구소를 방문해서 그쪽의 연구팀장과 나누는 대화 내용을 몰래 도청했습니다. 거기서 중요한 단서를 얻은 셈이죠."

"대체 무슨 내용인지 궁금하니 얼른 틀어 보게."

"그러겠습니다."

도혁수가 녹음 파일을 오픈했다.

유토피아 대표 석기와 구민재 연구팀장이 대화를 나누는 내용이다.

―대표님! 이건 제가 궁금해서 드리는 질문인데 성수를 어떻게 발견하신 겁니까?

―성수를 발견한 것은 참으로 운이 좋았습니다. 어쩌다

머리를 식힐 겸 찾아간 야산의 옹달샘에서 이상한 현상을 목격하게 되었거든요.

－이상한 현상이라고요?

－야산에 살고 있던 다람쥐가 옹달샘을 찾아왔습니다. 다람쥐가 발을 다친 모양인지 옹달샘에 다친 부위를 잠시 담그더니 말짱해진 상태로 다른 곳으로 도망쳤습니다. 그걸 보고 호기심이 생겼죠. 옹달샘이 뭐라고 저런 일이 벌어질까 싶었거든요. 해서 시험 삼아 저도 옹달샘 물을 손으로 떠서 마셔 보았죠.

－그랬더니 어떠하던가요?

－정말로 신기했죠. 지끈거리던 머리가 맑아지고 떨어졌던 체력도 놀랄 정도로 복구가 되었죠.

－허어! 그곳의 물이 성수였던 모양이군요.

－그건 아닙니다. 옹달샘 물이 그런 효과를 발휘하게 된 것은 다른 이유가 있었어요.

－다른 이유라고요? 그게 대체 무엇인데 그러죠?

－옹달샘 안을 들여다보다 우연히 푸른빛이 흘러나오는 유리 조각을 발견하게 되었죠. 아무래도 미심쩍은 구석도 있고 해서 버릴 수가 없어서 그걸 집에 가져와서 물이 담긴 컵 속에 담가 놓았습니다. 그랬더니 그것이 성수로 변했어요.

－대박! 정말 엄청난 일이네요. 그럼 성수를 계속 만들

수 있는 건가요?

 ─유감스럽게 성수를 만드는 것도 한계가 있나 봅니다. 처음에는 새끼손톱만 했던 유리조각이 닳아서 이제는 아주 작은 모래알 정도로 변했거든요. 그리고 이번 성수를 뽑은 것으로 모래알도 모두 소멸되어 버렸네요. 그러니 정말 아껴 쓰셔야 할 겁니다. 이제 더는 성수를 만들어 낼 수 없으니 말이죠. 그리고 지금 드린 성수가 우리 유토피아의 비전이나 마찬가지이니 잘 보관하셔야만 할 거고요.

 ─유념하겠습니다. 성수를 연구실 지하의 비밀 금고 안에 잘 보관토록 하겠습니다. 이것이 사라지면 앞으로 유토피아 사업도 끝장날 테니까요.

 ─연구실 비밀 금고에 설치된 보안 시설을 최고 단계로 올려놓으세요. 혹시 누가 훔쳐 가도 곤란하니까요.

 ─여부가 있겠습니까?

녹음 파일의 대화 내용이 끝났다.

 주현문 총수는 그토록 찾았던 핵심 물질의 단서를 이제야 찾아낸 것에 흥분한 마음에 거머쥔 주먹을 부르르 떨어 댔다.

 지금 이것이 모두 도혁수와 석기가 짜고 치는 시나리오임을 까맣게 모르고 있었기에.

-주현문 총수는 능구렁이 같은 자입니다. 성수에 대한 확실한 믿음을 주지 않고선 계속 의혹을 가질 겁니다. 그래서 제가 따로 준비한 녹음 파일을 보내 드릴 테니 그걸 총수에게 들려주세요.

 도혁수가 주현문을 만나고자 출발하려는 순간.
 석기에게서 연락이 왔던 것이다.
 하수인이 얻어 낸 녹음 파일은 도혁수를 한편으로 끌어들이기 위한 미끼였지만, 이번 녹음 파일은 주현문 총수를 함정에 빠트리기 위한 용도라 보면 되었다.
 도혁수도 녹음 파일의 내용에 대한 진의 여부에 대해선 솔직히 모르는 일이나, 주현문 총수를 속여 넘기는 것으로 충분한 역할을 해냈다는 것이 중요했다.
 그것도 모르고 총수는 크게 흥분한 기색이다.

❀

 한편 야산 연구실.
 석시는 구민재를 다시 찾았다.
 연구실에 하수인이 몰래 설치해 놓은 도청기는 없애 버렸다.
 "과연 주현문 총수가 넘어올까요?"

"우리 대화를 들었다면 넘어올 겁니다. 그건 솔직히 실화를 바탕으로 만난 시나리오니까요."

"그, 그게 무슨 말이죠? 일부러 짜 맞춘 시나리오가 아니라 실화를 바탕으로 만든 것이라고요?"

"네, 그렇습니다. 처음에 야산의 옹달샘에서 다람쥐를 발견한 것, 그건 사실이거든요."

석기의 말에 구민재가 살짝 얼이 빠진 기색이었다.

주현문 총수를 함정에 빠트리기 위해 만든 시나리오가 실화였다는 것이 믿기지가 않았다.

"그럼 성수에 대한 것도?"

"그래요. 그것 역시 실화입니다."

"저를 어떻게 믿고 그런 중요한 비밀을 털어놓으신 거죠?"

"제가 구 팀장님을 믿지 않으면 누굴 믿으라는 거죠?"

"그렇긴 하지만…… 하여간 감사합니다! 주신 마지막 성수 정말로 아껴 쓰도록 하겠습니다."

"잠깐! 그것만 빼고 모두 사실입니다."

"엑? 그게 무슨 말씀이죠? 설마 제게 주신 것이 마지막 성수가 아니란 건가요?"

"얼마든지 원할 때마다 성수를 만들어 낼 수 있습니다. 하지만 주현문 총수의 탐욕을 생각하면 그렇게 말하면 안 되는 일이니까요."

"아하! 하긴 그렇군요."

"그럼 성수를 보관한 지하 금고를 확인해 보러 가 볼까요?"

"알겠습니다."

속담에 열 길 우물 속은 알 수 있어도 한 길 사람 속은 모르는 법이라는 말도 있었지만, 그건 석기에게 통용되지 않는 말이었다.

그는 사람의 속마음을 들을 수 있으니까.

그런 의미에서 구민재는 절대 석기를 배신할 인물이 아니란 점. 구민재에게 털어놓지 못했지만 과거에 그는 구민재를 친형처럼 따랐던 적이 있었다. 지금 역시도 구민재를 믿고 있고.

그랬기에 신의 선물이나 다름없는 성수를 구민재에게 맡기고도 이리 마음이 편한 것이다.

잠시 후, 지하 금고에 내려온 석기.

금고에 보관 중인 성수를 꺼내려면 금고에 설치된 비밀번호를 눌러야만 했고, 그 전에 지하로 들어서는 입구에 설치된 보안 카드도 통과해야만 했기에 나름 보안에 신경을 제법 썼다고 볼 수도 있다.

하지만 석기의 고개가 저어졌다.

"흐음, 평소라면 상관없지만 주현문 총수가 이곳을 노리게 될 것을 생각하면 지금보단 좀 더 보안을 강화하는 것이 좋겠어요."

"그렇다면 비밀 금고에 설치된 보안 단계를 3단계로 설정해 놓도록 하겠습니다."

"그 정도면 해결사들도 골머리가 아프겠군요."

"실력 있는 해결사를 고용한다면 결국 암호를 풀고 성수를 꺼낼 수는 있긴 하겠지만, 그리 쉬운 일은 아닐 겁니다."

구민재의 말에 석기가 씩 웃었다.

주현문 총수가 성수에 대한 것을 알게 되면 분명 그걸 손에 넣기 위해 해결사들을 이곳으로 보낼 것이 뻔했다.

한편으론 지하 금고에 준비한 성수가 주현문 총수의 손에 들어가는 것이 목적이긴 했지만.

너무 쉽게 이곳이 뚫려도 재미가 없었다.

본디 손에 넣기 어려운 것일수록 더욱 집착하게 될 테고, 더욱 귀중한 것처럼 여겨질 것이다.

그런 의미에서 결국 주현문 총수의 손에 성수가 들어가게는 하겠지만, 그 과정에선 총수의 똥줄을 타게 만들 필요가 있었다.

의심 많은 능구렁이 영감탱이가 성수가 총수의 목을 옭아매는 함정임을 모르게 만들려면 말이다.

⁕

다시 주현문 총수의 집.

주현문은 성수가 핵심 물질의 일부라고 믿게 되자 비열한 속성을 여지없이 드러냈다.

"도 실장! 성수를 신석기 그놈이 혼자 독점하게 둘 수 없다네. 그동안 그놈은 실컷 성수를 사용했을 테니, 이제 남은 성수는 내가 차지하는 것이 옳은 일일세. 만일 성수가 내 손에 들어오기만 한다면 그동안 나를 위해 충성한 자네에게 명성 지분 10%를 양도할 것을 약속하네."

명성금융의 80%나 해당하는 지분을 장악하고 있던 주현문 총수였기에 설령 도혁수에게 10%를 떼어 준다 해도 경영권 방어에는 큰 지장을 초래하지 않을 것이다.

하지만 탐욕이 강한 주현문 총수의 성격이었고, 사람 마음이 화장실 들어갈 때와 나올 때의 마음이 다른 것처럼, 주현문이 정말로 도혁수에게 명성 지분 10%를 넘겨줄 것인지에 대해선 장담할 수 없는 일이기도 했다.

"그리고 성수에 대한 정보는 나와 자네만이 아는 비밀로 하는 것이 좋겠네. 그런 의미에서 유감스럽지만 자네에게 녹음 파일을 넘긴 하수인도 후환을 남기지 않으려면 처리를 하는 편이 깔끔하겠지."

주현문 총수는 눈 하나 깜빡하지 않고 성수에 대한 정보를 알고 있는 도혁수 하수인을 죽이는 일까지 지시했다.

도혁수는 욕지기가 치밀어 올라왔다.

하수인을 처리하고 나면 다음 차례는 도혁수가 될 수도 있는 일이었기에.

하지만 도혁수는 총수 앞에서 시종일관 포커페이스를 유지함을 잊지 않았다.

"시간은 금일세! 빨리 금고를 터는 것이 좋을 거야!"

"그러도록 하겠습니다!"

도혁수가 서재에서 나왔다.

성수라는 미끼를 문 주현문 총수다.

이제 그를 함정에 빠트리기 위한 일만 남았다.

끼이익!

대저택을 벗어나자 도로 갓길에 잠시 차를 세운 도혁수.

석기에게 돌아가는 상황을 알리고자 했다.

"총수가 미끼를 물었습니다."

─그렇다면 지금부터 총수가 원하는 대로 움직이시면 됩니다.

"총수가 연구소 지하 금고에 들어 있는 성수를 훔쳐 오도록 지시를 내렸는데, 성수를 정말 잃게 돼도 괜찮겠습니까?"

─괜찮습니다. 참고로 총수의 의심을 사지 않기 위해 지하 금고의 보안 단계를 3단계로 강화한 상태라 쉽게 뚫지는 못할 겁니다.

"잘하신 일입니다. 너무 쉽게 뚫려도 성수에 대한 의심을 살 소지가 있을 테니까요."

─맞아요. 적당히 주현문 총수의 똥줄을 태우다가 성수를 가

져가는 편이 총수에게 더 성수에 대한 신뢰를 주는 일이 될 거라 봅니다. 실은 그래서 일부러 보안을 강화한 것이지만요.

"그렇다면 저도 그것에 보조를 맞출 필요가 있겠군요. 적당히 총수의 애를 태우다가 성수를 빼 가는 것으로 하겠습니다."

-손발이 잘 맞으니 좋군요. 이건 여담이지만 나중에 성수가 총수의 손에 들어가게 되면, 그때부터는 총수의 마음이 어떻게 변할지 모르는 일입니다. 그러니 도혁수 씨의 안위에 각별히 신경을 쓰시기 바랍니다. 저는 도혁수 씨와 오랫동안 함께 일하고 싶거든요.

"염려해 주셔서 감사합니다."

석기와 통화가 끝난 도혁수의 입꼬리가 살며시 올라갔다.

석기와 만난 것.

몇 번 되지 않았지만 겪을수록 신기한 존재라는 생각이 더 해갔다. 마음 한구석이 묘하게 따뜻해졌다.

만일 석기를 만나지 못했더라면.

하수인을 처리하라는 주현문 총수의 지시를 크게 죄책감을 갖지 않고 일을 행했을 것이다.

그리고 하수인이 죽고 나서도 아무런 일도 벌어지지 않은 것처럼 태연하게 살았을 것이다.

하지만 석기로 인해 그의 마음이 달라졌다.

복수 하나만 보고 달려온 상황이라 주변인이 어떻게 되든

상관없다고 생각했는데, 석기의 배려에 더는 그렇게 살아서
는 안 된다는 경각심을 갖게 되었다.

총수와 똑같은 인간이 되고 싶지 않았기에 도혁수는 핸드
폰에 저장된 버튼을 눌렀다.

"지금 당장 해외로 도피하도록 해. 비행기보단 배편을 이
용하는 것이 좋을 거야. 참고로 난 네가 한국을 떠난 것을 전
혀 모르는 상태다."

-감사합니다! 은혜 잊지 않겠습니다!

도혁수는 석기와 구민재의 대화 내용을 전달했던 하수인
에게 한국을 떠나도록 지시했다.

이쯤 되면 하수인도 상황 판단이 되었을 터. 주현문 총수
가 그를 처리토록 했지만 노혁수가 총수의 명을 어기고 그를
살려준 것임을.

하지만 뒷수습이 필요했다.

주현문 총수의 명을 어기고 하수인을 해외로 빼돌린 도혁
수는 뒷수습에 들어갔다.

하수인이 해외로 도주한 것이 아니라 바다에서 죽은 것으
로 처리를 해야만 뒤탈이 없을 터.

그런데 다행히 명성 정보팀에서 도혁수가 차지한 비중이
막강하다는 점과, 정보팀에서 외부 파트를 맡은 정보원들은
일을 하다가 소리 소문 없이 사라지는 일이 종종 있었기에,
누구도 도혁수가 꾸민 일을 의심하지 못할 것이다.

그랬기에 실상은 도혁수의 도움으로 해외로 도주한 하수인이었지만, 주현문 총수에게 보고될 때는 새우 잡이 배에 태워진 하수인이 망망대해에서 실족사를 당한 것으로 처리될 터였다.

❈

다음 날.

도혁수는 표면적으론 여전히 주현문 총수의 지시를 충실히 따르는 충견 역할을 유지하고 있었다.

해서 그는 명성 정보팀 외부 파트에서 일하고 있던 이들 중에서 두 명을 차출하게 되었고, 밤이 되자 양평에 위치한 유토피아 연구소에 그들을 몰래 잠입시켰다.

성수를 보관 중인 지하 금고.

금고에 3단계의 보안 강화가 설정되었다.

결국 지하에 잠입한 이들은 금고를 열지 못해 성수를 훔치지 못하고 돌아갔다.

이런 상황은 석기와 한편을 먹은 도혁수가 계획한 일이란 것.

하지만 주현문 총수 앞에선 그는 포커페이스를 유지했다.

"죄송합니다, 총수님! 어젯밤에 그곳에 금고 털이에 능한 2명을 잠입시켰지만, 생각보다 보안이 철통같아서 지하 금고를 뚫지 못하고 돌아왔습니다."

도혁수는 이미 석기와 나눈 얘기가 있다 보니 지하 금고를 터는 일이 그리 쉽지는 않다는 것을 충분히 예상했던 일이나, 주현문은 그렇지 못했던지 그의 보고에 표정이 확 구겨졌다.

"지하 금고를 뚫지 못했다고? 대체 얼마나 대단한 금고이기에 그걸 뚫지 못한다는 거야?"

"유토피아에서도 마지막 남은 성수라는 것에 누가 성수를 훔칠 것에 대비하여 보안에 최대한 전력을 기울인 것이 분명합니다."

마지막 성수라는 말을 강조했다.

정말로 그것이 마지막 성수일지는 도혁수도 알지 못했지만, 하여간 성수를 훔쳐오지 못한 것에 인상을 잔뜩 구겼던 총수의 기세가 한풀 꺾인 눈치였다.

하지만 총수의 동공에 서린 탐욕은 배로 타오르고 있다는 점.

"도 실장! 그렇다면 다른 방법을 찾아봐야 하지 않겠는가? 돈이 얼마가 들어도 좋으니 금고를 털 수 있는 실력 있는 해결사를 고용하게!"

"저희 명성 정보팀에 속한 이들 중에서 금고에 관한 지식이 뛰어난 이들로 골라서 그곳에 잠입시켰는데 일을 실패했으니 이번엔 다른 해결사를 고용해 보는 수밖에 없겠습니다."

주현문 총수는 유토피아 측에서 마지막 남은 성수를 모두 써 버릴까 봐 애가 탔다.

주현문은 성수를 이용하여 불로장생을 꿈꾸고 있었다.

어마어마한 재력을 손에 넣었지만 죽으면 말짱 무용지물이었기에 무슨 수를 써서라도 성수를 꼭 손에 넣어야만 했다.

"그게 좋겠군! 시간이 없네! 어디 실력 있는 금고털이가 없는지 당장 알아봐!"

"실은 이번 일에 적격인 해결사가 한 명 있긴 합니다만."

"그렇다면 얼른 전화해!"

"저도 그러고 싶지만 그 해결사를 고용하려면 오세라 회장과 했던 약속을 밝혀야만 합니다."

"그게 무슨 소리야? 해결사를 고용하는데 왜 세라와 한 약속을 밝혀야 한다는 건가?"

주현문 총수의 의아한 시선에 도혁수는 공손한 태도로 대화를 이어나갔다.

"참고로 이건 총수님께 차마 보고 드리지 못한 내용이나, 며칠 전에 오세라 회장이 사주한 A급 해결사가 유토피아 힐링센터에 잠입해서 모래시계를 훔쳐 온 일이 있습니다."

"뭐, 뭐라고? 세라가 유토피아 힐링센터에서 모래시계를 훔쳐 오도록 했다고? 대체 무슨 이유로 모래시계를 훔친 거야?"

"세간에 유토피아 힐링센터에 떠도는 소문 때문이 아닐까 생각합니다. 그래서 오세라 회장 딴엔 뭔가를 찾아보고자 그런 행동을 했던 것이라 생각합니다."

"아무리 그래도 그렇지…… 흠흠, 근데 모래시계에 뭔가 숨겨진 것이라도 있었다는 건가?"

주현문 총수가 호기심을 보였다.

유토피아 힐링센터.

총수도 그곳에 대한 소문을 들어 익히 알고 있기에 말은 안 했지만 오세라와 같은 생각을 했다. 그곳을 몰래 탐색하고 싶다는 생각을.

"모래시계에서 건진 것은 아무것도 없는 것으로 압니다. 그리고 유토피아 측에선 힐링센터에 잠입한 해결사를 알고도 무시한 상황이고요. 그래서 다행히 일이 크게 번지지 않고 무마될 수 있었습니다."

"도 실장, 자네는 그런 일이 벌어진 것을 알고 있음에도 왜 내게 보고하지 않았던 건가?"

"그건 오세라 회장과 했던 약속 때문입니다."

"세라와 무슨 약속을 했기에?"

주현문 총수가 의아한 눈빛으로 도혁수 얼굴을 쳐다봤다. 이에 도혁수가 눈에 힘을 주며 천천히 오세라와 했던 약속을 밝혔다.

"이번 영화 사업만큼은 꼭 성공을 시키고 싶다는 오세라 회장의 뜻을 이뤄 주기 위해서 저로선 필히 약속이 필요했습니다."

"……."

"영화를 찍는 동안 오세라 회장이 물의를 일으키지 않도록 하려면 저로서도 어쩔 수 없는 일이었습니다. 해서 영화 제작이 끝날 때까지 오세라 회장은 어떤 잡음도 일으키지 않겠다며 약속했고, 그걸 어길 시엔 영화 사업에서 제가 손을 떼기로 했습니다."

"……."

"한데 오세라 회장은 저와의 약속을 깨고 몰래 해결사를 사주하여 유토피아 힐링센터에 있던 모래시계를 훔치도록 했습니다. 이 문제를 총수님께 보고했다간 영화 사업에서 제가 손 떼야 하는 상황이라 고민 끝에 보고를 보류했던 겁니다. 하지만 오세라 회장이 고용했던 해결사를 금고를 터는 일에 쓰려면, 이번 일은 그냥 넘어갈 수 없습니다. 약속은 약속이니까요."

주현문 총수는 골치가 아프다는 기색으로 도혁수를 쳐다봤다.

도혁수가 언급한 해결사.

즉, 외손녀 오세라가 유토피아 힐링센터에서 모래시계를 훔치는 일에 사주했던 해결사가 금고를 터는 일에 필요하다는 의미였다.

만일 해결사를 유토피아 연구소의 지하 금고를 터는 일에 고용하게 될 경우 도혁수의 성격상 영화 사업에서 손을 떼게 될 것은 기성사실.

사실 총수는 오세라를 믿지 못했다.

도혁수가 영화 사업에서 손을 떼게 될 경우 영화가 성공할 확률이 낮아질 것은 분명했다.

명성미디어 두 번째 사업인 영화.

영화 사업의 성공도 자못 중요했다.

하지만 역시 총수는 성수를 택했다.

그것도 유토피아에서 보관 중인 성수가 마지막 성수라는 것이다.

디는 길게 생깅할 필요가 없었다.

"자네가 세라와 한 약속을 어기게 되더라도……. 어쩌겠는가, 영화 사업에서 손 떼도록 하게. 지금은 성수를 차지하는 것이 중요하네. 당장 세라에게 연락해서 해결사 번호를 알아내도록 하게."

"알겠습니다."

주현문 총수의 재가 하에 도혁수는 오세라와 함께 진행했던 영화 사업에서 손 떼게 되었다.

그리고 유토피아 힐링센터에 잠입해서 모래시계를 훔쳤던 해결사는 영문도 모르고 도혁수의 앞에 끌려오게 되었다.

"지하 금고를 열지 못하면 너는 죽은 목숨이다!"

밤이 되자 해결사는 파리해진 안색으로 양평 연구소에 있던 지하 금고를 향해 움직였다.

※

양평 연구소에 도착한 해결사.

그는 A급 해결사다.

어딘가 몰래 잠입하는 것을 비롯하여 금고 터는 실력도 최상급.

하지만 이곳에 원해서 온 것이 아니라, 강제로 투입된 상황이란 점에 해결사의 표정은 좋지 못하다.

'내 이번 일만 처리하면 반드시 외국으로 날라 버릴 테다.'

양평 야산에 위치한 연구소이니 조용할 것이라 여겼다.

하지만 그런 생각은 그의 오산이었다.

연구원들이 북적거렸다.

경비원들도 사방에 깔려 있다. 힐링센터를 털 때와는 천지차이였다. 그래서 이런 곳의 잠입에 굳이 A급인 자신을 투입시킨 것인 모양이다.

아무튼 목표는 바로 지하 금고.

실력을 발휘하여 어찌어찌 그곳까지 잠입에 성공했다.

지하에 들어선 해결사.

'엥? 금고가 어디에 있지?'

지하실은 텅 비어 있었다.

아무것도 없는 이곳이지만.

훔쳐 올 것이 있으니 그를 투입시켰을 터.

사방을 둘러보던 그의 눈에 벽에 걸린 액자가 보였다.

감이 왔다.

'저곳이다!'

액자를 떼어 내자 그 안에 매립한 금고가 보였다.

하지만 3단계 보안으로 설정된 탓에 금고의 문을 따기가 쉽지 않았다.

'저번에는 힐링센터란 곳에서 모래시계를 훔쳤는데, 이번에는 유토피아 연구소 지하 금고라니.'

해결사는 이를 악물었다.

금고를 열어 그 안에 보관하고 있던 뭔가 훔쳐 내지 못할 경우 그의 목숨은 끝이었다.

아무도 모르는 산속에 파묻혀 버리거나 망망대해로 끌려가 바다에 던져질 수도 있다.

하지만 힐링센터에 잠입해서 모래시계를 훔친 것은 그야말로 식은 죽 먹기에 불과했지만, 금고를 따는 것은 해결사의 실력으로도 몹시 버거운 일이었다.

'이이익! 이럴 줄 알았더라면 힐링센터를 잠입해서 받은 돈으로 외국으로 날라 버리는 건데 그랬지. 괜히 국내에서 안주했다가 목숨이 위험하게 생겼어. 그나저나 이곳의 금고

에 대체 뭐가 숨겨져 있기에 이 지랄을 떠는 걸까?'

해결사는 호기심도 일었지만 금고를 열지 못할 경우 목숨이 위험할 수도 있다는 사실에, 자신이 지닌 모든 기술을 총동원하여 금고 털이에 안간힘을 썼다.

그러자 역시 사람이 죽으란 법은 없는지 철옹성처럼 여겨졌던 금고에 설정된 3단계의 보안을 무사히 통과하게 되었다.

스윽! 스윽!

얼마나 긴장을 했던지 땀이 비 오듯이 쏟아져 내렸기에 해결사는 손등으로 이마의 흥건한 땀을 훔치고는 한숨을 몇 번 내쉬다가 금고 문을 조심스레 열었다.

철커덩!

금고가 열렸다.

안에 들어 있던 물건.

박스 하나만 달랑 놓여 있다.

어떤 물건인지 겉으로는 알아볼 수 없게 박스에 밀봉되어 있는 상태였는데, 척 보기에도 그것이 바로 해결사를 이 일이 투입시킨 인물이 원하던 것이라 여겨졌다.

'이제 이곳을 빠져나가기만 하면 된다.'

해결사는 가져온 백팩에 박스를 집어넣고는 살금살금 지하실을 벗어나 연구소 인근에 세워 놓은 차로 향했다.

다행히 들키지 않고 무사히 안전지대로 벗어났다.

차에 올라탄 해결사가 서둘러 시동을 걸었다.

-대표님! 해결사가 금고를 털어 인근에 세워 놓은 차량으로 도주했습니다. 지금이라도 늦지 않았습니다. 말씀만 하신다면 도둑놈의 차량을 뒤쫓도록 하겠습니다.

"아닙니다. 괜찮습니다. 해결사는 더는 신경 끄시고 이젠 편안하게 잠자리에 들도록 하세요."

-알겠습니다. 그럼 비상 해제를 하겠습니다.

석기와 연락한 구민재.

서울 본사에 있는 유토피아 힐링센터 6층과 마찬가지로 연구소 지하 천장에도 특수 CCTV가 매립되어 있었고, 구민재는 그곳을 통해 해결사가 한 짓거리를 자신의 연구실 안에서 모두 지켜보고 있던 것이다.

하지만 유토피아 대표 석기가 괜찮다는 말에 더는 군말 없이 자리에서 일어난 구민재는 연구원들과 경비들에게 비상 해제를 알렸다. 해결사가 무사히 성수를 훔쳐 갔기에 더는 이곳을 지키는 척할 이유가 없었다.

✦

아침이 되었다.

날이 밝기까지 양평 연구소의 지하 금고를 터는 것에 사력을 다해 결국 그곳의 물건을 꺼내 온 해결사.

그는 서울로 들어서자 한강변에 세워진 검은색 차로 향했고, 그곳에서 기다리고 있던 인물에게 아주 공손한 태도로 금고에서 훔쳐 온 박스를 전달하고는 마치 꽁지에 불붙은 개마냥 허둥지둥 주위에서 사라졌다.

"흐음."

해결사에게 박스를 전달받은 사내는 바로 도혁수였다.

도혁수는 잠시 밀봉된 박스를 들고 살펴봤다.

뜯어본 흔적은 없었다.

해결사로선 호기심은 들겠지만 목숨이 더 소중했을 테니 차마 안에 들어 있던 물건을 확인할 엄두를 내지 못했을 것이다.

지이익!

도혁수가 박스를 오픈했다.

박스 안에는 척 보기에도 꽤 고급스럽게 여겨지는 청색 자기로 된 호리병처럼 생긴 물건이 하나 들어 있었다. 도혁수가 그걸 들고 살짝 흔들어 보았더니 찰랑거리는 물소리 같은 것이 들려왔다.

'이게 성수라 이건가?'

호리병 뚜껑은 열지 않았다.

뚜껑을 열면 흔적이 남도록 조치가 된 호리병 상태였다.

석기의 당부도 있었지만, 의심이 많은 주현문 총수의 성격상 호리병을 직접 오픈하도록 두는 편이 좋았다.

그런데 막상 성수가 손에 들어오자 도혁수는 고민이 되었다.

주현문 총수가 오랜 기간 탐욕을 부렸던 핵심 물질의 일부이다. 성수의 지닌 신비로운 효능을 생각하면 불로장생이 꿈이 아닐 수도 있을 터였다.

그랬기에 이 귀한 성수를 주현문 총수에게 건네는 것이 과연 옳은 일인가 싶기도 했다.

'신 대표를 믿는 수밖에.'

도혁수는 들고 있던 성수를 다시 박스에 집어넣고는, 한강변에 세워 놓았던 차를 평창동 방향으로 움직이기 시작했다.

부르릉!

석기는 소중한 성수가 주현문 총수의 손에 들어가게 되는 것을 오히려 바라고 있는 분위기였다.

그렇다는 것은 성수가 주현문 총수의 손에 들어가도 그것에 대한 대책이 있다는 의미일 터.

아무리 생각해 봐도 석기의 속을 알 수가 없었지만 그저 믿고 따르는 수밖에 없었다.

⊗

평창동 대저택.

그곳을 방문한 도혁수.

그런 그의 손에 해결사가 도혁수에게 넘긴 성수가 들어 있던 박스가 들려 있음을 볼 수 있었다.

이른 아침부터 저택을 방문한 도혁수였지만 주현문 총수로선 눈이 번쩍 뜨이는 소식이 아닐 수 없었다.

집사로 하여금 서재로 안내된 도혁수는 잠옷에 가운을 걸친 채로 허둥지둥 서재로 들어선 주현문 총수를 대하자 일단 공손한 태도로 인사했다.

"그것이 바로 성수인가?"

"그렇습니다. 어젯밤에 양평 연구소에 잠입했던 해결사가 밤새도록 금고에 달라붙어서 겨우 성수를 꺼내 올 수 있었습니다."

"아주 수고가 많았네."

주현문 총수는 도혁수가 테이블에 내려놓는 박스를 탐욕이 가득한 눈빛으로 주시했다.

그러다가 총수는 살기 어린 표정으로 도혁수를 향해 목소리를 음산하게 낮추며 지시를 내렸다.

"연구소 지하 금고에서 이걸 꺼내 온 것은 나와 자네를 제외하면 해결사만 알고 있을 테니. 그렇다면 그놈의 입단속을 잘 시켜야만 할 걸세. 아니면 처리하든가."

"그놈은 성수가 뭔지 모르는 상태입니다. 괜히 함부로 처리하려 했다가는 일이 복잡해질 우려가 있으니 입단속을 잘 시키는 것으로 마무리했습니다."

"흐음, 알았네."

성수를 유토피아 연구실 지하 금고에서 훔쳐 온 해결사가 명성 정보팀 소속이 아니란 점도 있고, 성수를 해결사가 전혀 모르고 있다는 도혁수 말에 총수도 그냥 넘어가기로 했다.

A급 해결사면 나중에 쓸모가 있을지도 모르고, 괜히 잘못 건드렸다가 잡음이 생겨도 골치가 아팠기에.

"총수님께서 성수를 직접 확인해 보시지요."

"흐음, 그럴까?"

박스에 들어 있던 호리병을 꺼낸 주현문 총수.

하지만 순간 무슨 생각이 떠올랐는지 총수의 눈빛이 살짝 반짝이더니 말했다.

"아닐세. 지금보다는 나중에 확인해 보는 것이 좋겠네. 이것저것 생각할 것도 있고 하니 그만 가 보게."

"알겠습니다. 쉬십시오."

도혁수가 인사를 하고 물러났다.

탐욕이 강한 총수의 성격이다.

귀한 성수를 도혁수가 있는 자리에서 함부로 오픈하고 싶을 리가 없을 터.

하여간 도혁수 입장에선 목적을 달성했으니 서재에서 나왔는데.

바로 그때였다.

"도 실장님이 여길 왜……?"

오세라가 이곳을 찾아왔다.

그녀는 여기에서 도혁수를 만난 것에 당황하는 눈치였다.

"그러는 회장님이야말로 이 시간에 여긴 무슨 일이시죠?"

도혁수는 오세라가 이른 아침에 이곳을 찾아온 의도를 익히 눈치채고 있었다.

하지만 모른 척 물었고, 오세라는 그런 도혁수 질문에 눈빛이 표독스럽게 변했다.

"영화 사업에서 손 떼기로 했다면서요?"

도혁수가 주현문 총수를 도와 유토피아 양평 연구실의 지하 금고를 터는 일은 오세라에게는 비밀로 했다.

하지만 오세라가 도혁수와 했던 약속을 어긴 것에 대해선 그냥 방관할 수 없었다.

영화 제작이 끝나기까지 어떤 잡음도 일으키지 말 것을 깬 오세라를 용서할 수 없었기에.

해서 도혁수는 약게 굴었다.

일부러 오세라에게 주현문 총수를 통해 도혁수가 영화 사업에서 손 떼겠다는 것을 알리도록 말이다.

그래서 오세라는 주현문 총수를 통해 도혁수가 영화 사업에서 손 떼겠다는 소식을 통보받았을 것이다.

아마 그녀는 그걸 용납할 수 없었기에 주현문 총수를 이용해서 도혁수를 어떻게 해 볼 요량으로 이곳에 방문했을 터였다.

"약속을 먼저 어긴 것은 오세라 회장님이십니다. 저는 약속에 응했을 뿐입니다."

도혁수의 냉정한 태도에 오세라의 얼굴이 붉게 변했다.

그러다 입술을 잘끈 씹어 댄 그녀가 정장 차림새가 아닌 평상복 차림새인 도혁수를 위아래로 살펴보며 물었다.

"근데 이 시간에 무슨 일로 외할아버지를 찾아오신 거죠?"

"그건 오세라 회장님과 관련 없는 일이니 노코멘트하겠습니다."

"흥! 그렇다면 외할아버지께 직접 물어보면 알게 되겠죠."

도혁수가 상대해 주지 않자 오세라는 불쾌하단 기색으로 그가 말릴 거를도 없이 주현문 총수가 혼자 있는 서재 안으로 획 하니 들어가 버렸다.

"외할아버지! 저 왔어요!"

"응? 세라 네가 웬일로⋯⋯."

주현문 총수는 외손녀 오세라의 난데없는 방문이 영 달갑지 않다는 기색이었다.

성수.

과거에 정부의 수뇌부가 노릴 정도로 인간의 생명 연장과 연관이 있던 핵심 물질의 일부나 다름없는 그것이 오랜 세월을 거쳐 겨우 그의 손에 들어온 상황이었다.

그랬기에 아직 뚜껑을 오픈하지 않은 상태인 호리병을 끌어안고 감격에 겨워하고 있던 중이었는데, 그만 외손녀 오세라의 등장으로 인해 감흥이 깨진 것이다.

"외할아버지께 긴히 상의드릴 일이 있어서 찾아왔는데……. 근데 그 호리병은 뭔데 그렇게 끌어안고 계신 거죠?"

오세라가 보기에도 주현문 총수의 분위기가 영 이상했다.

마치 호리병을 애인이라도 되는 듯이 품에 끌어안고 희열에 넘친 표정을 짓고 있었으니 말이다.

"흠흠. 벼, 별일 아니다. 이건 몸에 좋다며 지인이 가져다준 보약이니 신경 쓰지 말거라."

몸에 좋은 보약이라며 얼렁뚱땅 넘기려는 주현문.

평소와는 크게 다른 총수 분위기였기에 미심쩍은 구석을 느낀 오세라의 머리가 바쁘게 굴러갔다.

방금 서재 문 밖에서 만난 도혁수.

호리병에 뭐가 들었는지 몰라도 저 물건은 도혁수와 연관이 있는 물건일 것이라 여겨졌기에.

"외할아버지! 그거 도 실장이 갖고 온 거 맞죠?"

오세라 눈빛이 먹이를 노린 매처럼 반짝거렸다.

평소답지 않는 주현문의 표정도 그렇고, 이른 아침 시간에 도혁수가 이곳에 가져올 물건이라면 보통 물건은 아닐 것이라는 판단이 섰다.

"흠흠, 맞다. 지인이 가져온 보약을 그저 도 실장이 전달해 주었을 뿐이다. 너도 식전일 테니 나가서 함께 밥이나 먹도록 하자구나."

주현문 총수는 오세라를 소중하게 여기고는 있었지만, 성수에 관한 비밀까지 외손녀에게 밝힐 생각은 없었다.

총수는 오세라와 함께 서재에서 나왔다.

주현문은 품에 안고 있는 호리병을 쳐다보는 오세라의 시선을 느끼자, 그 시선을 회피하듯이 잽싸게 안방으로 몸을 돌리며 말했다.

"너 먼저 주방에 가서 있어라. 나는 방에 들어가서 옷 좀 갈아입고 나와야겠다."

"그러세요."

주현문 총수가 안방으로 움직이는 것을 가만히 서서 지켜보고 있던 오세라의 동공에 의혹이 짙게 일렁였다.

'아무래도 수상해. 호리병 안에 들어 있는 것이 대체 뭐기에 외할아버지가 저러시는 거지?'

오세라가 생각하기엔 외조부의 말대로 호리병에 들어 있는 것이 정말로 몸에 좋은 보약이라고 할지라도, 그걸 굳이 안방까지 들고 가는 것이 아무리 생각해도 수상쩍었다.

마치 호리병을 오세라에게서 숨기려는 의도처럼 여겨졌기에 말이다.

한편 안방에 들어온 주현문 총수.

"쯧쯧! 하필 저 아이가 이 시간에 서재를 찾아와선……!"

주현문 총수는 평소답지 않게 오세라가 이른 아침에 저택을 방문한 것이 영 못마땅했다.

그것도 하필 오매불망 기다렸던 성수가 드디어 총수의 손에 들어온 날이다.

하지만 불청객처럼 서재를 불쑥 들어선 오세라로 인해 감흥이 깨져 버렸다.

좀 더 오래도록 성수를 끌어안고 감격의 여운을 즐기고 싶었기에 소중한 시간을 방해받은 기분도 없지 않았다.

오세라에게 호리병에 들어 있는 물질을 보약이라 둘러대긴 했지만, 그 말을 믿지 않은 건지 오세라의 눈빛에서 강한 호기심을 눈치챌 수 있었다.

그것도 뭔가 총수의 심기를 불편하게 만들었다.

'그 아이는 성수에 대해선 모를 거야. 그리고 금고에 숨겨놓으면 절대 찾아내지 못할 테지.'

주현문 총수는 방문을 잠갔다.

오세라에게 먼저 주방에 내려가 있으라곤 했지만 혹시 그녀가 방에 들어와도 곤란했기에.

"흐음."

총수는 호리병을 조심스레 품에 안고는 방의 가장자리에 있는 책장으로 향했다.

그러고는 책장에 꽂힌 서책 중에서 몇 권을 뽑아 들자, 놀랍게도 벽 속에 숨겨진 비밀스러운 공간이 모습을 드러냈다.

금고가 숨겨진 공간.

아늑해서 휴게실처럼도 보였다.

실내의 한쪽에는 차를 마시면서 휴식을 취할 수 있는 탁자와 소파도 구비되어 있었다.

벽에 걸린 그림들도 하나같이 최하 수십억에서 수백억까지 호가하는 작품들이다.

이곳에서 차를 마시면서 명화를 감상하는 것이 총수의 취미였지만 지금은 그럴 시간이 없었다.

철컹!

금고 문이 열렸다.

총수가 아니고선 금고를 열지 못하게 설계되었다.

번쩍이는 금괴들이 보였다.

하지만 금괴 따위는 안중에도 없다는 듯 총수의 관심은 온통 손에 들린 호리병에 쏠렸다.

'이곳의 금고 안에서 가장 귀한 보물이 될 것이다. 이건 나를 영원히 살게 해 줄 보물이니까.'

성수가 자신의 늙어 버린 육신을 다시 젊게 만들어 줄 수 있을지도 모른다고 생각하자 가슴이 벅차 왔다.

'신석기 그놈이 성수를 도둑맞은 것을 알게 되면 미쳐 날뛸지도 모르겠군. 이런 귀한 성수는 그딴 버러지보다는 나처럼 고귀한 존재가 취하는 것이 신의 섭리다. 그런 의미에서 성수는 올해 마지막 날에 사용하는 것이 좋겠군.'

갑자기 늙은이였던 그가 젊어지게 된다면 사람들이 이상

하게 여길 것이 뻔했기에 총수는 성수를 이용한 다음에도 미래를 살아가는 데 문제가 없도록 신분을 세탁할 의도였다.

그렇게 주현문은 연말이 되기까지 그 안에 법적으로 필요한 모든 것을 준비한 후 성수를 이용하여 젊은 육신으로 돌아갈 계획을 세웠다.

돈을 주고도 살 수 없는 것이 바로 젊음이다.

젊은 육신을 갖게 된다면 지금까지 벌어들인 재력과 권력을 이용하여 최고로 화려한 인생을 살 생각이었다.

그동안은 돈을 버는 일에만 심취하여 즐기지 못하는 인생을 살아온 것이다.

그랬기에 젊어지기만 하면 늙은 육신으로는 감히 꿈꾸지 못했던, 그만의 낙원을 만들 생각이다.

탐욕이 강한 성격답게 그는 자신의 손에 들어온 성수를 오로지 그를 위해서만 사용할 생각인 듯했다.

그렇게 예뻐하는 외손녀 오세라, 파리에서 남자와 즐기고 있을 딸에게도 성수 한 방울조차 나눠 줄 마음이 없었다. 마지막 한 방울까지 모두 그가 취할 생각이었다.

'지금 당장 성수를 취하지 못하는 것은 아쉽지만 때를 위해서 이곳에 보관하자.'

주현문 총수는 호리병에 조심스레 입을 한번 맞추고는 그걸 금고 안에 보관했다.

띠리릭! 철컹!

금고 문이 닫혔다.

그렇게 호리병을 안전한 곳에 숨긴 총수는 비밀스러운 공간에서 나와 평상복으로 갈아입고 오세라가 기다리고 있는 주방으로 향했다.

"어여 먹자."

"네, 외할아버지도 맛있게 드세요."

"오냐."

너른 주방에 놓인 커다란 식탁이지만, 주현문 총수와 오세라만이 식탁에 앉아서 아침 식사를 할 뿐이었다.

주방장과 고용인들은 주방 한쪽에 시립하고 있었다.

딸각. 딸각.

간간히 포크와 나이프를 사용하는 소리가 흘러나올 뿐, 매우 조용한 식탁 분위기였다.

'외할아버지는 옷을 갈아입는데 무슨 시간이 그리 걸린 거지?'

오세라는 식사를 하면서 맞은편에 자리한 외조부를 힐끗 살펴봤다.

잠옷 대신 평상복으로 갈아입긴 했지만 샤워를 한 것은 아닌 듯싶었다.

"고기가 아주 맛나구나."

"네에, 그러네요."

총수는 아침 식사로 나온 스테이크를 큼지막하게 썰어서

우적우적 씹어 먹고 있다.

보통 노인들과는 달리 총수는 한식 보다는 양식을 선호했다. 그것도 핏물이 줄줄 흐르는 고기라면 환장했다.

'호리병은 안방에 두고 오셨겠지. 그런데 그걸 왜 굳이······.'

서재에서 보았던 호리병을 굳이 안방까지 가져간 외조부의 태도는 의심스러운 부분이 있었지만, 일단 그건 나중에 생각하기로 했다.

지금은 직면한 문제부터 해결하는 것이 중요했다.

일단 자연스럽게 외조부에게 있어서 아킬레스건이나 다름없는 모친 문제를 꺼내기로 했다.

그녀는 영화 사업에서 손을 뗀 도혁수를 용납할 수 없었기에 계속 도혁수를 부려 먹으려면 총수의 도움이 필수였다.

"외할아버지, 엄마는 파리에서 언제 돌아온대요?"

"흠흠, 내년이나 되어야 돌아오지 않을까 싶구나."

주현문의 딸 주영애는 작년부터 사위 오장환과 별거 중이었다.

그러던 중 갑자기 오장환의 몸에 문제가 생겨 요양원에 들어가게 되면서, 이제 주영애는 오장환에 대한 마음을 깨끗하게 정리한 상태였다.

하지만 현재 부부의 이혼을 추진하기엔 상황이 좋지 못했다.

알지 핸드폰 광고와 넙튜 소동으로 인해 세간의 이목을 끌고 있는 상황인 데다가, 심지어 영화 사업도 새롭게 추진하게 되었다.

해서 딸과 사위의 이혼 문제는 연말 정도에 끝맺음하기로 했다.

딸 주영애는 이런 상황에 한국에서 지내는 것이 답답하다면서 얼마 전에 파리로 여행을 떠났다.

주현문 총수는 딸에게 붙여준 경호원을 통해 파리에서 지내는 딸의 소식을 주기적으로 전달받았는데, 얼마 전에 딸이 금발머리 외국 남자와 눈이 맞아 살림을 차렸다는 보고를 받은 것이다.

요사이 영화 사업에 신경이 곤두선 외손녀였기에 그걸 아직 오세라에게 밝히지 않고 숨기고 있었다.

물론 오세라가 그 사실을 안다고 해도 워낙 개방적인 성격이기도 하고, 어미에 대한 정도 없다 보니 별반 타격을 받지는 않을 것이라 여겼다.

"내년에요? 우리 엄마 성격에 사업에 관심이 있어서 체류하고 있을 리는 없을 테고……. 파리에서 남자라도 만난 모양이네요."

"흠흠, 지나가는 바람일 테니 너무 신경 쓸 필요 없다."

"알았어요. 엄마가 다른 남자를 만나 살림을 차리든 그건 제 알 바 아니죠."

역시 주현문의 짐작대로 오세라는 모친 문제에 대해 쿨하게 나왔다.

하지만 오세라가 굳이 총수의 약점이나 다름없는 모친 얘기를 지금 이 자리에서 꺼낸 것은 이유가 있었기에.

"외할아버지! 영화 사업에 도 실장이 필요해요. 외할아버지가 중간에서 좀 도와주세요."

"흐음."

주현문이 난처한 표정을 지었다.

사실 그는 호리병에 들어 있는 성수로 인해 마음이 콩밭에 가 있기는 해도, 오세라가 이곳을 찾아온 의도를 간파하고 있긴 했다.

하지만 성수를 총수에게 가져온 도혁수다.

더구나 명성금융 지분 10%를 도혁수에게 넘기기로 양도계약서까지 작성했다.

물론 총수의 본심은 도혁수에게 넘긴 지분을 나중에 모두 회수할 작정이지만.

'도혁수를 지금 자극하는 것은 오히려 해가 된다.'

주현문은 성수가 손에 들어온 이상 도혁수를 오래 데려갈 생각은 없었다.

하지만 지금 도혁수를 처리하기엔 시기상조였다. 아직 부려 먹을 일이 남았다.

그랬기에 지금은 오세라보다 도혁수의 편을 들어주는 것

이 좋았기에 냉정하게 선을 그어 버렸다.

"유감스럽지만 이번 일은 나도 도와줄 수가 없구나. 도 실장이 약속을 어긴 너로 인해 단단히 마음이 틀어진 모양이더구나. 그러니 이번 영화 사업은 너 혼자의 힘으로 성공시켜 보거라."

주현문의 단호한 태도에도 오세라는 물러서지 않았다.

지금 믿을 사람은 외조부뿐이었기에. 억지 눈물까지 흘리며 도움을 청하고나 나왔다.

"흐윽! 외할아버지! 정말 너무해요! 제가 어떤 심정으로 이곳을 찾아왔는데……! 그런 말씀을 하시다니, 사업 경험이 없는 제가 어떻게 혼자서 영화 사업을 하라고요?"

주현문은 징징거리는 오세라를 보자 짜증이 일었다.

정작 일은 자기가 벌여 놓고 뒷감당도 못해 징징대는 외손녀에게 호통을 치듯이 나왔다.

"그러게 왜 약속을 어겨! 도 실장 성격을 몰라서 그래? 하여간 이번 일은 너 혼자 해결해!"

"그러다 영화가 폭망하면요? 그래도 괜찮겠어요?"

오세라의 협박성 발언에도 주현문 총수의 눈빛이 차갑다.

이미 도혁수가 오세라에게서 손을 뗀 이상 이번 영화 사업은 잘해야 본전치기일 것이라 생각했다.

어차피 나중에 도혁수는 처리될 사람.

오세라도 이젠 홀로서기가 필요했다.

하지만 그런 속사정을 아직 털어놓을 수는 없다.

해서 비밀을 지키고자 강수를 쓰기로 했다.

사자는 새끼를 강하게 키우고자 일부러 절벽 밑으로 떨어트린다. 살아남은 새끼 사자만이 초원을 지배할 수 있다.

오세라가 이 정도 역경도 이겨 내지 못하고 항복한다면 그건 자질에 문제가 있는 것이다.

"그럼 할 수 없지. 세라 너의 자질이 그것밖에 되지 않는다면 다른 운영자로 교체하는 수밖에. 회장 자리에서 내려오기 싫다면 이번 영화를 최대한 손익분기점은 넘겨야만 살아날 수 있을 거다."

"하아!"

오세라가 크게 당황한 표정으로 외조부를 쳐다봤다.

그녀 딴엔 믿음이 있어 찾아온 외조부 주현문이었는데 이리 차갑게 나올 줄은 미처 몰랐다.

어쩌면 총수는 이번 영화 사업을 포기하고 있을 수도 있다.

그만큼 도혁수가 지닌 능력이 컸기에, 그가 영화 사업을 함께 하는 것과 아닌 것의 차이는 극명한 차이가 벌어질 터였기에 말이다.

그걸 그녀도 익히 알고 있기에 총수의 말에 그만 화가 치밀었다.

"이이익! 그렇다면 좋아요! 외할아버지가 도와주시지 않겠다면 제가 알아서 하는 수밖에요!"

오세라가 식탁에서 일어났다.

외조부의 도움을 기대할 수 없다고 판명이 난 이상, 더는 이곳에 있는 것은 시간 낭비였기에.

"쯧!"

외손녀 오세라가 떠난 식탁에 혼자 남은 주현문 총수가 나직하게 혀를 찼다.

나름 오세라를 아끼고 있었기에 마음이 편치 않았지만 지금은 이게 최선이라 생각했다.

'설령 영화 사업이 망한다고 하더라도 명성미디어가 도산하지는 않을 터. 주가야 하락하겠지만 그건 어쩔 수 없는 일.'

솔직히 지금은 명성 미디어에 신경 쓸 겨를이 없었다.

신분 세탁을 위한 준비.

젊어진 육신에 어울리는 삶을 살 수 있도록 만반의 대비가 필요했다.

✺

한편, 출근 준비 중인 석기.

평창동 주현문 총수의 집을 벗어난 도혁수에게서 연락이 왔다.

－성수를 주현문 총수에게 전달했습니다.

　손목시계를 확인한 석기.
　현재 시간은 아침 8시 경.
　도혁수는 해결사가 훔친 성수를 넘겨받자마자 곧장 주현
문 총수를 찾아갔던 모양이다.
　이제는 석기와 한편이 된 도혁수였지만, 총수는 성수를 가
져온 사실만으로 도혁수를 전혀 의심 없이 반겼을 것이다.
　"수고하셨어요. 하지만 성수가 주현문 총수 손에 들어가긴
했지만 총수는 당장 그걸 사용하지는 않을 것이라 봅니다."
　석기는 주현문 총수가 성수를 탐낸 이유를 아주 잘 알고
있기에 총수가 당장 성수를 사용하는 일은 벌어지지 않을 것
이라 여겼다.
　총수는 탐욕이 강하지만 그만큼 성격도 치밀하다. 아마 주
현문은 성수를 이용하여 육신이 젊어진다면 세간의 의혹을
피하고자 앞날을 위해 그것에 대한 대책 마련을 준비하고자
나올 것이 분명했다.
　그렇다면 성수의 비밀을 알고 있는 도혁수에게 총수는 앞
날을 대비한 준비를 하도록 만들 것이다.
　－총수가 성수를 언제 사용하게 될 것이라 보십니까?
　"제 예상에는 연말 정도가 아닐까 싶습니다."
　－연말이면…….

도혁수가 의문을 느낀 기색이다.

연말까지 아직도 몇 달이나 남은 상태였기에, 탐욕이 강한 총수 성격에 손에 들어온 성수를 그리 오래도록 두고 보는 것이 납득이 되지 않았을 것이다.

"총수가 성수를 당장 취하지 않는 것은 그때까지 준비할 것이 있기 때문입니다."

예리한 도혁수는 석기가 언급한 말의 요지를 금방 캐치 했다.

-혹시 성수를 마시면 늙은 육신이 젊어질 수도 있는 건가요?

성수는 주현문 총수를 위해 준비한 함정이다.

그랬기에 성수의 비율에 각별히 신경을 기울였다.

늙은 육신을 젊은이로 만들어 줄 수도 있을 터.

하지만 기쁨은 잠시.

성수를 사용한 대가를 톡톡히 치르도록 해 줄 것이다.

과거에 도혁수의 집안과 석기의 집안을 풍비박산 내 버린 대가를 수십 배로 이자까지 쳐서 받을 작정이다.

"믿기 어렵겠지만 총수의 모습이 젊게 변할 수도 있을 것이라 봅니다. 그래서 앞으로 도 실장님이 할 일이 매우 중요합니다."

-총수가 젊어진다면…… 하긴 신분 세탁을 비롯하여 이것저것 준비할 것이 많긴 하겠군요. 그리고 총수의 성격상 올해

를 넘기지 않고자 할 테니 연말까지 모든 준비를 끝내고자 할 테고요.

"제 짐작에도 그럴 거라 생각합니다. 그리고 총수는 성수의 정체를 알고 있는 도 실장님을 통해 젊어진 육신으로 살날을 위한 대비를 준비하도록 지시할 겁니다."

석기의 말에 도혁수의 목소리에 긴장감이 느껴졌다.

-그렇다면 성수를 총수에게 넘긴 것이 잘못된 일이지 않습니까? 총수가 젊어진다면 지금보다 더한 악독한 짓을 얼마든지 벌일 수 있을 테니까요.

"그 점은 염려하지 않으셔도 됩니다. 성수를 취한 후에 총수가 젊어진 육신을 유지하는 시간은 그리 길지 않을 테니 말이죠."

-그게 무슨 말이죠?

솔직히 처음에는 주현문 총수가 성수를 마신 순간 지옥 같은 고통을 겪게 만든 후에 백치로 만들어 버릴 계획이었다.

하지만 그 계획을 바꾸었다.

보다 짜릿한 복수를 위해서.

그래서 총수가 가장 행복해하는 순간에 지옥을 맛보게 하는 것이 더욱 큰 복수가 되리라 생각했다.

젊은 육신, 그것을 유지하는 시간은 하루.

하루가 지나면 한순간에 촛농처럼 녹아 버려 흔적도 없이 사라지게 될 터.

젊은 육신이 사라진다면…….

그 전에 총수는 늙은 육신을 처리하고자 장례식을 진행했을 테니, 세상에 주현문 총수에 대해 남는 것은 아무것도 없게 될 것이다.

총수는 사라지고 남은 자산은?

물론 석기와 도혁수가 계획한 가상 인물의 손에 들어가게 될 터.

하지만.

만일 지금이라도.

주현문 총수가 해결사를 사주하여 훔쳐 간 성수를 석기에게 돌려주고, 과거에 벌인 짓거리에 대해 진심으로 참회를 하고 뉘우친다면 본래 정해진 수명대로 살다가 죽을 수도 있다.

하지만 탐욕이 강한 주현문 총수는 자신의 손에 들어온 성수를 절대 포기하지 않을 것이라 여겼다.

"제가 성수를 총수의 손에 넘긴 이유는 총수가 지닌 모든 힘을 빼앗기 위해서이기도 하죠. 그 점에 대한 자세한 얘기는 지금은 말씀드릴 수 없지만, 나중에 결과로 보게 될 겁니다."

－그렇다면 지금부터 제가 어떻게 하면 되는 겁니까?

"도 실장님은 지금처럼 계속 총수를 위해 움직이시면 됩니다. 하지만 알맹이는 우리가 취하고 껍데기만 총수에게 넘겨

줄 작전이 필요할 겁니다."

석기는 블루를 통해 주현문 총수가 보유한 자산 규모에 대한 파악을 마친 상태였다.

현재 공식적으로 밝혀진 명성금융의 자산 규모는 50조에 해당하는 가치를 가지고 있다.

거기에 주현문 총수가 보유한 사적인 자산의 규모는 세간에 정확하게 밝혀지지 않은 상태이나, 그것까지 합치면 대략 100조는 될 터.

100조에 해당하는 자산.

주현문 총수는 그걸 몽땅 젊어진 육신이 누리도록 할 생각에 도혁수에게 신분 세탁을 지시할 것이다.

하지만 믿었던 도혁수에게 거하게 뒤통수를 맞게 될 터.

그리고 그걸 깨닫는 순간, 총수는 몸이 녹아내리는 지옥을 겪으며 죽게 될 것이다.

[만일 총수의 전 재산을 신 대표가 몽땅 차지한다 해도 상관없다. 신 대표라면 그렇게 차지한 돈을 분명 좋은 일에 쓸 테니까. 그러니 부모의 원수를 시원하게 갚아 주는 것만으로 만족한다.]

도혁수 속마음이 들렸다.

그는 석기가 주현문 총수의 모든 것을 빼앗을 작정임을 눈치채고 있음에도 기꺼이 석기와 한편이 되어줄 각오임을 엿볼 수 있었다.

돈보다는 복수.

그리고 석기에 대한 믿음.

-그렇게 하겠습니다! 총수를 탈탈 털어 버리도록 조력하겠습니다!

도혁수의 음성에서 힘이 느껴졌다.

역시 도혁수를 한편으로 끌어들인 것은 잘한 일이라는 생각에 석기의 가슴이 뜨거웠다.

"하지만 한 가지 유념하셔야 할 것이 있습니다. 도 실장님이 총수를 돕는 역할이 끝나면, 그때는 총수의 마음이 돌변할 겁니다. 총수는 반드시 성수의 비밀을 알고 있는 도 실장님을 처리하고자 할 겁니다."

-그 점은 저도 예상하고 있는 바이니 걱정 마십시오.

"도 실장님 곁에는 제가 있다는 것을 잊지 마세요. 절대 총수에게 당하게 두지 않을 테니까요."

이건 석기의 진심이었다.

과거에는 힘이 없어서 부모도 잃고 납치까지 당했지만.

이제 블루문을 취한 석기였다.

그와 한편이 된 도혁수를 절대 총수의 손에 죽게 두지 않을 생각이다.

다음 날.

주현문 총수가 도혁수를 집으로 불러들였다.

역시 석기의 예상대로 총수는 성수를 손에 넣었지만 그걸 취하지 않았다.

"성수를 당장이라도 취하고 싶지만 아직은 시기상조라 생각하여 참고 있다네."

"그러셨군요."

"도 실장! 성수를 취할 경우 내 육신이 젊어진다면 그것에 대한 대비가 필요하다고 보네."

"대비라고요?"

"지금까지도 잘해 주었지만 앞으로 도 실장의 도움이 더욱 중요하네. 그런 의미에서 약속했던 명성 지분 10%를 도 실장의 명의로 양도했다네."

"감사합니다."

주현문 총수는 도혁수를 부려 먹을 생각에 성수를 가져오는 대가로 넘기기로 했던 명성 지분 10%를 도혁수 명의로 양도해 주었다.

이걸로 총수가 보유하고 있던 명성 지분이 10% 줄어든 셈이었지만 어차피 나중에 도혁수를 처리하고 지분을 회수할 생각이었기에 상관없었다. 다만 지금은 당장 앞으로 할 일을

처리하는 것이 중요했기에 도혁수의 비위를 맞춰 줄 필요가
있었다.

"해서 하는 말인데 자네가 나의 앞날을 대비한 일을 사람
들 모르게 처리했으면 하네."

주현문 총수로선 믿을 사람은 도혁수밖에 없다고 판단했
다.

그의 뛰어난 능력이면 얼마든지 총수가 원하는 일을 잡음
없이 해낼 수 있을 테고, 특히 성수에 대한 비밀은 세간에 밝
혀져선 곤란했기에 도혁수가 최상의 적임자라 여겼다.

"그렇다면 가장 먼저 준비할 것은 신분 세탁이겠군요. 총
수님께서 훗날 젊어진 육신으로 사용하실 새로운 신분이 필
요할 겁니다. 그래야 총수님께서 보유하신 자산을 젊은 육신
이 고스란히 차지해도 문제가 없을 테니까요."

역시 총수의 기대대로 말귀를 척척 알아듣는 도혁수의 모
습에 총수가 흡족하게 웃었다.

"그리고 성수를 마시고 젊은 육신으로 돌아가게 된다면 그
때는 지금까지 살아온 나란 존재는 세상에서 사라져야만 할
걸세. 흐음, 세상 사람들을 속이려면 내가 갑작스러운 지병
으로 세상을 떠난 것으로 처리하는 것도 괜찮겠군."

"알겠습니다. 장례식 문제는 미리 손을 써서 문제가 없도
록 조치하겠습니다. 한데 성수를 취하실 날짜를 정확하게 알
아야 일을 진행하는데 차질이 없을 겁니다."

도혁수의 말에 주현문 총수가 테이블에 놓인 탁상 달력을 올해 가장 마지막 달인 12월로 넘겼다.

"12월이 되면 나는 지병이 악화되어 병원 신세를 지는 것으로 할 걸세. 그리고 12월 마지막 날에 성수를 취할 것이나, 삼 일 전에 이미 나는 세상을 뜬 것으로 처리하여 장례를 끝내는 것이 좋겠지."

"알겠습니다. 총수님께서 성수를 취하신 후로 젊은 육신으로 살아가는데 전혀 지장이 없도록 만반의 조치를 취해 놓도록 하겠습니다."

"역시 믿을 만한 사람은 자네밖에 없군. 내가 무사히 젊은 육신으로 탈바꿈하게 된다면 그때는 자네의 공을 인정하여 1조 원을 포상으로 줄 생각이라네."

주현문 총수의 속내는 모든 일이 끝나면 도혁수를 처리할 계획이었지만, 겉으로는 거짓 공약을 남발하면서 도혁수를 부려 먹을 작정이었다.

'쓸모가 다한 개는 솥에 삶는 것이 당연한 일 아니겠어?'

지금은 필요해서 도혁수를 곁에 두는 것일 뿐, 성수의 비밀을 알고 있는 도혁수는 후환의 여지가 있기에 처리가 답이라고 여겼다.

그런 야비한 총수의 속내를 훤히 꿰뚫어 보고 있는 도혁수였지만 겉으로는 포커페이스를 유지했다.

"과거에 갈 데 없는 저를 거둬 주신 총수님이십니다! 그

은혜를 보답하는 차원에서 평생 총수님 곁에서 충성을 다하겠습니다!"

도혁수는 거짓 충성을 맹세했다.

과거에 도혁수의 집안을 풍비박산을 내 버린 원수 주현문 총수다.

씹어 먹어도 시원찮지만 지금은 속내를 숨길 때다.

※

한편, 명성미디어.

오세라는 임원들과 회의에 들어갔다.

도혁수가 오세라의 사업에서 손을 뗀 것이 공식적으로 밝혀지면서 그녀의 입지가 약해지자, 임원들이 들고 일어난 것이다.

"도혁수 실장의 도움 없이는 영화 사업은 성공하지 못할 겁니다!"

"그런 의미에서 회장님께서 직접 도혁수 실장을 만나 다시 얘기를 나눠 보는 것이 좋겠다고 생각합니다!"

"들리는 소문엔 회장님께서 도혁수 실장과 했던 약속을 어긴 것 때문에 도혁수 실장이 회사를 떠났다고 하던데요. 대체 어떤 약속을 어기신 건지 알고 싶군요."

"맞습니다. 잘잘못을 가려 사과할 부분은 사과하시는 것이 좋겠습니다."

임원들은 명성금융에서 제법 영향력을 발휘하고 있던 도혁수가 오세라에게서 손을 뗀 것을 빌미로, 안 그래도 오세라가 회장 그릇이 아니란 생각을 하고 있다 보니 그녀를 깔아뭉개고자 나왔다.

'이것들이 진짜!'

도혁수와 함께 회의할 때는 찍소리도 못 했던 임원들이, 그녀가 이제 혼자라는 것에 함부로 대하자 속에서 열불이 났다.

"다들 입 닥쳐요! 이번 영화가 망하면 제가 회장직에서 물러나면 될 거 아녜요! 내가 물러나면 여기에 모인 여러분도 무사하지 못할 겁니다! 그러니 그만 떠들고 방법을 찾으세요! 영화를 성공시킬 방법을!"

오세라로서는 이판사판이었다.

외조부 주현문이 이번 영화 사업을 오세라 혼자의 힘으로 성공시켜 보라고 한 것은, 그녀의 역량을 파악하려는 의도일 터.

어쩌다 회사 일에 뛰어들기는 했지만.

강제로 회장 자리에서 물러나는 것은 싫었다.

꼭 영화를 성공시켜야만 했다.

돈의 힘이 무섭긴 하다

유명우 영화감독의 휴대폰이 울렸다.

발신인은 바로 도혁수였다.

-개인적인 사정으로 인해 끝까지 유 감독님과 함께하지 못해서 죄송합니다. 만일 영화를 찍는 것이 내키지 않는다면 지금이라도 계약을 파기하셔도 좋습니다. 그것에 관한 문제는 제가 알아서 책임질 테니까요.

도혁수가 영화 사업에서 손을 떼게 되었으니 유명우 감독과 했던 약속이 지켜지지 않을 수도 있다.

그래서 도혁수는 유명우에게 계약 파기를 원한다면 위약금을 물지 않고 그렇게 해 주겠노라고 했다.

"아닙니다. 제가 명성과 영화를 하게 된 것은 도 실장님이 과거에 베풀어 준 은혜를 조금이라도 갚으려는 마음에서 하게 된 겁니다. 어떤 사정인지는 몰라도 도 실장님이 이번 영화 사업에서 손을 떼시게 되었지만, 그래도 이미 영화를 찍기로 시작한 이상 끝까지 최선을 다해서 영화를 완성하도록 하겠습니다.”

유명우 감독으로선 도혁수와 오세라 사이에 벌어졌던 일에 대해 알지 못했다.

그랬기에 그저 영화를 끝까지 찍는 것이 과거에 은혜를 베푼 도혁수를 위한 일이라고만 여겼다.

도혁수는 그런 유명우의 착각을 눈치챘지만, 그렇다고 굳이 유명우의 마음을 돌릴 생각은 들지 않았다.

그로선 유명우가 책임을 물지 않는 선에서 계약 파기를 언급했으나, 영화를 계속 찍을 것을 고집하는 것은 유명우의 자유였으니까 말이다.

그리고 한편으론 이해가 갔다.

유명우 입장에선 이번 영화를 포기하는 것이 쉽지 않을 터.

대본 리딩이 끝났기에 이제 영화 촬영이 코앞으로 다가온 상태에서 영화를 덮는다는 것은 감독의 자존심이 용납하지 못할 테니 말이다.

그리고 유명우가 영화를 계속 고집한 또 다른 이유 중의 하나는 바로 양재인 작가였다.

절친 양재인 작가를 유명우가 영화에 끌어들인 것에 책임감을 느꼈을 것이다.

유명우 감독은 이번 영화를 때려치워도 그동안 쌓인 인지도로 인해 얼마든지 다른 영화를 찍을 수 있지만, 양재인 작가는 그렇지 못했다.

양재인은 이번 영화가 엎어지면 당장 생활고에 시달리게 될 것이 뻔했다.

'하아! 이번 영화를 제대로 찍을 수나 있을지 모르겠군.'

영화가 완성되기까지 모든 권한을 유명우에게 일임하겠다던 도혁수를 믿고 영화를 찍기로 한 것인데, 도혁수가 손을 뗀 이상 앞으로 어떤 변수가 발생할지 모른다.

솔직히 유명우는 명성미디어 회장인 오세라를 절대 신뢰할 수 없었다.

재력가 자제 특유의 못된 성질머리 때문인지 그녀는 사람을 우습게 여겼고, 일을 진행할 때도 사람을 배려하지 않고 제멋대로 마음 내키는 대로 했다.

선장이 많으면 배가 산으로 간다.

도혁수가 영화에서 손을 뗀 것에 오세라는 자존심이 크게 상했을 것이니 무리해서라도 영화를 성공시키고자 나올 터.

그러면 자연히 유명우가 찍을 영화에 감 놔라 배 놔라 간섭이 많아질 것은 당연했다.

"술이나 한잔하자."

마침 양재인 작가가 유명우를 찾아왔다.

도혁수가 영화 사업에서 손을 뗀 것에 혹시 유명우도 딴마음을 먹을까 양재인 작가로선 걱정이 되었던 모양이다.

"걱정 마라, 양 작가! 영화를 접는 경우는 절대 없을 테니 나만 믿고 따라와."

"그래, 고맙다. 이번 영화 반드시 대박이 나도록 나도 최선을 다해 도울 테니 우리 잘해 보자."

두 사람은 든든한 뒷배가 되어 주었던 도혁수가 떠난 것에 마음이 뒤숭숭하긴 했지만 감독과 작가가 뜻을 같이하니 영화가 잘 풀릴 것이라 기대했다.

하지만 그런 두 사람의 기대는 다음 날 깨져 버렸다.

오세라의 간섭이 시작된 것이다.

"유 감독님을 믿지 못하는 것은 아니지만 이번 영화를 반드시 성공시켜야겠으니 제 뜻을 따라 주셨으면 해요. 그런 의미에서 촬영이 끝나는 그날까지 제가 촬영장에 따라다닐 생각이에요."

"회장님께서 촬영장에 매일 나오신다는 말인가요?"

"그래요. 회장인 내가 매일 촬영장에 얼굴 도장을 찍는다면 배우들과 촬영진도 긴장할 것이 아녜요? 나도 촬영장에 매일 찾아가는 것이 쉽지 않지만 어쩌겠어요? 이번 영화 사업은 나로선 반드시 성공해야만 하는 일이니까요."

오세라의 말에 유명우 감독은 벌써부터 머리가 지끈거렸다.

오세라가 촬영장에 나오는 것은 상관없다.

간섭만 하지 않는다면 말이다.

하지만 오세라의 성격에 절대 그럴 일은 없을 터.

선장이 두 명이 되게 생겼다.

그러는 사이 어느덧 영화 촬영이 내일로 다가오게 되었다.

❈

유토피아 대표실.

양평 연구소 지하 금고에 보관하고 있던 성수가 주현문 총수 손에 들어간 것은 유토피아에선 석기와 구민재만 알고 있는 사실이다.

그리고 석기와 한편이 된 도혁수와는 계속 은밀히 연락을 주고받고 있지만 그것은 둘만의 비밀이다.

그랬기에 회사의 분위기는 평소와 같았다.

채현우 사장이 석기를 찾아왔다.

명성미디어의 작품이 스카이에서 제작할 영화보다 먼저 크랭크인에 들어가게 되었다.

오세라가 일부러 크랭크인 날짜를 며칠 앞당긴 탓이다.

그 날짜가 하루 앞으로 다가왔다.

명성미디어에서 내일 영화 촬영에 들어가는 것이다.

영화에 관한 얘기를 보고하고자 방문했던 채현우가 웃는

낮으로 석기를 쳐다봤다.

"소문 들으셨습니까? 명성미디어 오세라 회장과 도 실장이 서로 반목하는 바람에 지금 그쪽 분위기가 완전 뒤숭숭한 모양입니다."

"들었어요. 오세라 회장이 촬영장에 매일 얼굴을 비추기로 선언했다면서요?"

"그건 영화감독도 그렇지만 배우들의 입장에서도 전혀 달갑지 않은 일일 텐데. 대체 오세라 회장의 머릿속에 뭐가 들었는지 참 궁금합니다."

"도 실장과 사이가 벌어진 오 회장으로선 영화를 꼭 성공시켜야 한다는 부담 때문에 그런 무리수를 두게 된 모양이네요."

"쯧쯧! 하여간 유명우 감독이 워낙 저력 있는 감독이니 망정이지, 다른 감독들 같으면 벌써 영화를 엎어 버렸을 겁니다."

안 그래도 후반기에 명성미디어에서 제작할 영화에 출연한 남자 주인공과 아역 배우에게 문제가 터질 소지가 있었는데, 영화 사업에 도혁수가 손을 뗀 것에 오세라의 과도한 부담감이 그것을 더욱 부채질하게 생겼다.

'이거, 까딱하다간 영화를 찍는 도중에 하차 각이 나올 수도 있겠군.'

오세라가 무리해서 촬영장에 모습을 보이겠다는 선언을

한 것은 영화를 망치는 지름길이 될 터.

도혁수가 명성미디어의 영화 사업에서 손을 뗀 것의 여파가 생각보다 크게 작용했음을 알 수 있었다.

❧

경기도 파주.

명성미디어에선 그곳에 〈흑기사 아저씨〉 촬영 세트장을 꾸리게 되었다.

영화 촬영에 들어가기 전에 고사를 치른다는 이야기에 오세라도 고사장에 참석했다.

"회장님께서 오셨습니다!"

오세라는 촬영장의 모두에게 자신의 존재감을 과시하기 위해서, 수행 비서와 경호원을 여러 명 이끌고, 화려한 의상에 선글라스까지 착용한 채 고사장에 도착했다.

"오셨습니까?"

대표로 영화 총괄 책임자인 유명우 감독이 오세라를 맞이했다.

하지만 결코 그는 밝은 기색이 아니었다.

또한 행사를 돕고 있던 스태프들과 배우들도 마찬가지였다.

다들 오세라가 이곳에 나타난 것을 달갑지 않은 기색이다.

조감독이 눈치를 보듯이 고사 진행을 알렸다.

"흠흠, 그럼 지금부터 고사를 시작하겠습니다! 명성미디어 회장님이신 오세라 회장님이 먼저 고사상에 절을 올리도록 하겠습니다!"

하지만 오세라는 조감독 말을 씹었다.

그녀는 고사에 참석했지만 고사상에 절은 절대 올리지 않겠다는 태도였기에 대신 수행 비서가 나서는 수밖에 없었다.

수행 비서가 오세라 대신 고사상에 절을 올리자 오세라가 핸드백에서 돈 봉투를 꺼내 건넸다.

봉투 안에는 거금 1천만 원짜리 수표가 들어 있었다.

촬영장에서 고사를 치를 때 1천만 원짜리 수표가 나오면 환호성을 지르며 난리였겠지만, 오늘 이곳에 모인 이들은 마지못해 박수를 보내는 분위기였다.

명색이 회장씩이나 되는 인물이 매번 촬영장을 찾아온다는 것은, 관심을 보이겠다는 뜻이 아니라 감시를 하겠다는 말과도 다름없었기에 모두의 반감을 사게 된 것이다.

"다음은 유명우 감독님 차례입니다!"

오세라 수행 비서의 차례가 끝나자 유명우 감독이 고사상에 절을 했고, 이어서 나머지 사람들도 차례대로 고사상에 절을 올렸다.

영화가 크랭크인한 날의 분위기는 뭔가 모르게 흥분되고 들뜨는 것이 당연했다.

고사상에 절을 올리며 다들 한마음으로 영화의 성공을 기원하는 의미가 컸다.

하지만 고사상 한쪽에 간이 의자를 가져다 놓고는 그곳에 다리를 꼰 채 거만스레 앉아 있는 오세라로 인해 오늘 이곳의 분위기는 누가 보더라도 어색하고 불편해 보였다.

드디어 고사가 끝났다.

고사상에 차려진 음식을 먹으며 잠시 휴식에 들어가는 타이밍이었지만, 사람들의 분위기가 어딘지 모르게 굳어져 있었기에 이를 보다 못한 유명우 감독이 오세라 곁으로 다가와 술을 권했다.

"한잔 받으시죠, 회장님!"

그도 그녀가 좋아서 술을 권한 것이 아니었다.

아무리 그래도 술이 한잔 들어가면 뻣뻣한 그녀의 태도가 다소 부드럽게 변할 것이라 여겼기에.

하지만.

"어머! 이딴 저렴한 술을 나보고 마시라고요?"

"그래도 영화 촬영 첫날인데, 기분 아닙니까?"

"치워요! 그딴 술이나 마실 시간이 있으면 당장 촬영이나 시작해요! 촬영에 투자하는 시간은 곧 돈이라는 거 몰라요?"

오세라에게 술을 권한 유명우 감독의 얼굴이 잔뜩 붉어졌다.

정말 상종하고 싶지 않은 여자다.

마음 같아선 당장 오세라 낯짝에 메가폰을 던져 버리고 이 곳을 떠나고 싶은 마음이 굴뚝같았지만, 과거에 도혁수에게 입은 은혜를 갚으려는 의도로 맡은 영화였기에 감정대로 움직일 수가 없었다.

게다가 크랭크인이 들어가는 날이다.

첫 단추부터 어긋났다가는 영화가 망할 수가 있다는 것을 누구보다 잘 알고 있기에 그는 주먹을 꽉 거머쥐며 감정을 삭였다.

'감독님에게도 저리 안하무인격으로 나오는데…… 배우들이 연기하다가 NG라도 냈다간 배우들을 아주 잡아먹으려고 하겠군.'

'인성 쓰레기가 따로 없어!'

'넙튜에 진상을 부리는 동영상이 올라왔을 때부터 알아보긴 했지만 진짜 재수 없네!'

'차라리 다른 작품을 알아볼걸. 유명우 감독님 작품이라 출연한 건데…… 분위기가 너무 구려.'

'이러다가 이거 이번 영화 폭망하는 거 아냐? 유 감독 완전 열 받은 모양인데.'

'유 감독 성격에 저걸 참고 있다니 진짜 불안해.'

오세라가 총괄 감독인 유명우를 함부로 대한 여파는 크게 작용했다.

그리고 그런 오세라의 행동을 참아 주고 있는 유명우의 모습을 보며 다들 속으로 불안감을 느꼈다.

충무로에서 흥행 제조기로 통하는 유명우 감독은 실력도 실력이지만 한 따까리 하는 성격으로도 유명했다.

그랬는데 그런 그가 엿 같은 상황을 참고 있으니 말이다.

"촬영 준비나 서둘러 주세요!"

유명우 감독이 자리를 떴다.

더는 오세라를 상대할 가치가 없다고 생각한 유명우는 조감독에게 촬영 준비를 맡기고, 어두운 표정으로 서 있는 양재인 작가를 데리고 담배를 피우고자 한적한 장소로 움직였다.

"이익, 빌어먹을!"

양재인 작가는 절친인 유명우 감독이 배우들과 스태프들 앞에서 수모를 당하는 모습을 보며 자신의 일처럼 분노했다.

오세라가 유명우 감독에게 함부로 행동한 것은 모두에게 이번 영화에서 그녀가 우위라는 것을 각인시키려는 의도였을 터. 양재인은 그걸 알고 있기에 더욱 분통이 터졌다.

"이번 영화 망하면 모두 오세라 회장 때문일 거야!"

그런 양재인 작가의 어깨를 두드려 주며 말없이 담배 연기를 뿜어내는 유명우 감독의 얼굴이 음울해 보였다.

오세라를 생각하면 영화 따위 망해도 싸지만, 그건 영화감독의 자존심이 용납하지 못하는 탓이다.

"레디! 액션!"

촬영이 시작되었다.

유명우 감독은 촬영장을 돌아다니면서 이것저것 간섭하고 있는 오세라의 행동이 눈에 거슬렸지만, 그는 영화를 위해서 오로지 촬영에만 집중하기로 했다.

그랬는데 결국 오세라의 간섭이 아역 배우가 입은 의상까지 지적하기에 이르렀다.

"아무리 시나리오상 아이의 집이 궁색하다고 해도 이건 아니지 않나? 그래도 명색이 아역 배우인데 옷이 너무 촌스럽네! 세련된 의상으로 갈아입히는 것이 좋겠어요!"

이건 도를 넘는 간섭이다.

아역 배우 코디는 오세라의 지적에 잔뜩 기가 죽었다.

할 수 없이 유명우 감독이 나섰다.

"오세라 회장님! 지금 아역 배우가 걸친 의상은 영화를 찍는 것에 아무런 문제가 없다고 봅니다. 그리고 시나리오에도 지금 의상은 적당하다는 판단입니다."

"하! 유 감독님이 패션에 대해 뭘 알겠어요? 내가 보기엔 아니거든요! 조감독님! 저 아역 배우, 당장 분장실로 데려가서 당장 다른 의상으로 갈아입히도록 하세요!"

유명우가 반발하듯 나오자 오세라가 조감독을 호명했다.

조감독은 중간에서 이러지도, 저러지도 못해 눈치만 보았다.

유명우 감독이 총괄 감독이긴 하나 영화를 찍는 자금은 오세라에게서 나오고 있으니 말이다.

오세라가 막무가내로 나오자 유명우가 더욱 거세게 반발했다.

"오세라 회장님! 영화를 찍는 문제는 모두 저한테 일임하기로 계약한 상태이지 않습니까? 영화에 관심을 보여 주시는 점은 감사하나 이런 식의 간섭은 옳지 않습니다!"

이제 겨우 영화 도입부 촬영이다.

아무것도 아닌 아역 배우 의상 문제로 오세라가 간섭해 오자, 유명우 감독은 더 이상 참는 것은 답이 아니라고 판단했다.

초장에 오세라의 기를 꺾지 못하면, 영화가 크랭크업에 이르기까지 계속 오세라에게 끌려 다닐 수 있다는 생각에 강하게 나온 것이다.

하지만 사람 알기를 우습게 여기는 안하무인격인 오세라의 성격에 유명우의 반기는 절대 용납할 수 없었다.

비록 유명우 감독의 말이 맞다고 해도 그녀가 아니라면 아닌 거였기에 말이다.

"그거야 도 실장이 있을 때 말이지, 이젠 도 실장은 영화에서 손을 뗀 상태예요! 그딴 계약 내용을 들먹여 봤자 내게 통하지 않으니, 유 감독님은 그저 내가 하라는 대로 따르기나 하세요! 나도 누구보다 영화가 성공하기를 바라는 마음에서 이렇게 촬영장까지 나와서 생고생을 하고 있는 거니까요!"

유명우 감독은 도혁수와 계약서를 작성하는 자리에 버젓이 함께 있었음에도 뻔뻔스럽게 오리발을 내밀려는 오세라의 태도에 치가 떨렸다.

한편으론 그녀가 곱게 나오지 않을 것임도 짐작하고 있었기에 유명우 감독으로서는 이제 더욱 세게 나오는 수밖에 없었다.

"비록 도 실장님이 이번 영화에서 손을 떼었다고 해도 계약은 계약입니다! 잊으신 듯싶어서 상기시켜 드리는 건데, 저와 계약하는 자리에 오세라 회장님도 함께하셨고, 심지어 계약서에 들어간 사인도 도혁수 실장님이 아니라 바로 오세라 회장님이 직접 하신 겁니다! 그런데도 정 계약상의 내용을 무시하겠다면, 저도 이 영화 더는 찍을 수 없습니다!"

유명우 감독이 모두가 있는 자리에서 계약서의 타당성을 근거로 오세라를 질타했지만 그녀는 오히려 콧방귀를 뀔 뿐이었다.

그녀는 돈이면 귀신도 부릴 수 있다고 생각했기 때문에 그깟 계약서 따위 얼마든지 휴지 조각으로 만들 수 있다고 여겼다.

하지만 이번 영화에서 유명우 감독이 빠지면 그녀도 곤란했기에 협박을 동원하기로 했다.

"우리 유 감독님, 나를 너무 물로 보시네! 만일 그쪽에서 영화 촬영을 그만두면 내가 가만있을 것이라고 생각해요?"

"뭐라고요? 지금 절 협박하는 겁니까?"

"협박 맞아요! 내가 마음먹는다면 그쪽을 국내에서 더는 영화감독 활동을 못하도록 영원히 막아 버릴 수도 있어요! 그리고 그쪽만이 아니라 이곳에 모인 모두의 앞길까지 막아 버릴 수도 있고요! 그러니 좋게 말할 때 얼른 아역 배우 의상이나 갈아입히시죠? 그깟 의상하나 갈아입히는 일로 모두가 피를 보게 하지 말고요!"

오세라의 눈에서 살기가 일렁였다.

안 그래도 도혁수가 영화 사업에서 손을 뗀 것에 찍소리도 못하고 받아들인 것에 화가 나서 미칠 지경인데, 유명우 감독까지 이리 나오자 그녀는 눈에 보이는 것이 없어졌다.

"……."

확실히 그녀의 협박은 통했다.

거세게 반기를 들었던 유명우 감독도 이 이상은 받아치지 못하고 침묵을 유지하고 말았다.

총괄 감독이 이런데, 배우들이나 스태프들은 더욱 기가 죽은 분위기였다.

다들 속으로는 오세라를 욕해 대고 있지만 대놓고 면전에서 그녀에게 따지고 들 용기가 없는 것이다.

국내에서 알아주는 현금 부자 명성금융을 뒷배로 둔 오세라를 잘못 건드렸다가는 정말 그녀 말처럼 인생 종 치게 될 수도 있는 일이었기에.

'빌어먹을!'

유명우 감독의 거머쥔 주먹이 부르르 떨렸다.

그러자 오세라가 앉았던 자리에서 일어서며 오늘은 한번 봐주겠다는 식으로 말했다.

"오늘 촬영은 여기까지! 하지만 내일부터는 내 말에 토를 다는 일은 절대 없어야 할 거예요!"

오세라가 수행 비서와 경호원들을 이끌고 촬영장을 벗어나자 그제야 배우들과 스태프들이 안도의 한숨을 길게 내쉬었다.

고개 숙인 유명우 감독의 곁으로 양재인 작가가 다가왔다.

"유 감독! 나는 이번 작품에 마음을 비웠으니 영화를 찍는 것은 자네 마음대로 하게. 설령 영화가 망해도 난 상관없으니까."

양재인 작가의 두 눈에 분노가 번쩍였다.

유명우 감독이 힘겹게 허공을 올려다봤다.

마음 같아선 당장 영화고 나발이고 때려치우고 싶었지만, 그랬다가는 괜히 죄 없는 배우들과 스태프들의 앞길을 망칠 수도 있다는 것에 참아야만 했다.

'이런 식으로 영화를 찍을 바에는⋯⋯!'

유명우 감독이 입술을 꽉 물었다.

억지로 찍는 영화가 즐거울 리 없다.

그렇다고 영화를 그만둘 수도 없었으니⋯⋯.

나름대로 비장한 각오가 필요했다.

❀

유토피아 대표실.

퇴근 무렵 채현우 사장이 석기를 찾아왔다.

"대표님! 오늘 명성 쪽 촬영장 분위기 완전 장난이 아니었
다고 하더라고요!"

"오 회장이 찾아와서 난장판이라도 벌인 모양이죠?"

〈흑기사 아저씨〉 촬영 첫날이다.

도혁수가 빠진 상황이었기에 오세라로서는 혼자의 힘으로
영화를 성공시켜야 한다는 부담감에 총괄 감독인 유명우 감
독을 초장부터 기선 제압을 하고자 나왔을 것이다.

그리고 그 점은 유명우 감독도 마찬가지의 마음이었을 터.

그러다 두 사람이 충돌했을 것이고, 결국은 재력만 믿고
설쳐 대는 오세라의 협박에 유명우 감독도 할 수 없이 고개
를 숙였을 것이라 여겨졌다.

"허어! 완전 족집게시네요! 맞습니다! 오 회장이 유 감독

을 자기 입맛대로 휘두를 생각에 괜히 아역 배우 의상을 가지고 트집을 잡았던 모양입니다. 유 감독이 순순히 오 회장의 말을 따르지 않자 결국 시키는 대로 따르지 않으면 촬영장에 있는 모두의 앞길을 막아 버리겠다고 협박질을 했나 봅니다."

"결국 그런 식의 행동은 제 살을 깎아 먹는 일이 될 것임을 오 회장도 잘 알고 있을 겁니다. 그럼에도 오 회장이 그런 태도를 보였다는 것은 일단 유 감독의 이탈을 막을 의도였겠고, 다음으로 이번 영화의 수익을 손익분기점까지는 끌고 가겠다는 의지일 수도 있겠군요."

"제 생각도 그렇습니다. 그런데 문제는 그런 분위기 속에서 찍는 영화가 얼마나 제대로 만들어질 수 있을지 그것이 의문입니다."

"그래도 충무로에서 흥행 제조기로 통하는 유 감독이 맡은 영화이니 적어도 손익분기점까지는 갈 것이라 봅니다."

석기는 채현우 앞에서 말은 그렇게 했지만 명성에서 제작할 영화는 끝까지 가지 못하고 중간에 무너질 것이라 여기고 있다.

오세라의 협박이 당장은 통했겠지만 그것은 결국 감독과 배우들과 스태프들에게 스트레스로 작용할 것이다.

안 그래도 그쪽 작품의 남자 주인공을 맡은 서한빈은 정신적으로 문제가 있었지만 아직 세간에 밝혀지지는 않은 상태다.

분명 과중한 스트레스를 견디지 못하고 영화 촬영 도중에 일이 터지고 말 터.

거기에 덤으로 아역 배우 부친이 도박에 손을 대어 물의를 일으킨 문제까지 터지면 이건 빼박 중도 하차 각이다.

그렇게 되면 아무리 오세라가 유명우 감독의 멱살을 잡아 끌고 간다 해도 영화를 끝까지 촬영할 수는 없을 것이니 두 번째 시도한 영화 사업마저도 폭망하게 될 터.

❈

다음 날.

메가폰을 잡은 유명우 감독.

"오케이! 다음 장면!"

유명우 감독이 변했다.

오세라를 향한 반기였다.

겉으론 오세라가 주장하는 방향을 적극적으로 반영하는 태도를 보였지만, 속에는 그녀에 대한 앙심을 품고 있다.

모두의 앞길을 망치겠다는 오세라의 협박.

그걸 향한 반기로 유명우는 이번 작품으로 인해 자신의 커리어가 망가지는 한이 있더라도 오세라의 이번 영화 사업을 망칠 계획이다.

영화를 찍는 내내 유명우 감독은 불행해 보였다.

그의 눈빛이 전혀 빛나지 않았으니까.

촬영에 들어가면 원하는 장면이 나올 때까지 쉽게 오케이 사인을 내지 않기로 유명한 유명우 감독이었으나, 이번 작품에서는 찍는 신마다 쉽게 오케이 사인이 나왔다.

그랬기에 겉으로 보기에는 촬영장의 분위기는 별반 문제가 없이 순탄하게 흘러가고 있는 듯이 보였다.

'젠장! 유 감독이 찍는 영화라고 합류했는데 이런 식이면 천만관객은 고사하고 손익분기점만 넘겨도 다행일 거야.'

남자 주인공 서한빈은 불안했다.

방금 그가 연기했던 신.

그가 생각하기엔 뭔가 어색했지만 유명우 감독에게서 오케이 사인이 나온 것이다.

그런데 문제는 지금까지 이런 상황이 한두 번이 아니란 점이었다.

영화를 촬영하는 유명우 감독에게서 열정이 느껴지지 않고 있다.

그가 기억하는 유명우 감독은 이런 사람이 아니다.

그런데 지금은 마치 이번 영화를 빨리 끝내서 손을 털고 싶어 안달난 사람처럼 보일 정도다.

그리고 또 다른 문제도 있었다.

남자 주인공 다음으로 중요한 비중을 차지하고 있는 아역 배우도 뭔가 이상해졌다.

촬영 첫날에 아역 배우 의상 문제로 유명우 감독과 오세라 회장이 대판 싸운 일로 인하여 아역 배우에게 트라우마가 생겼는지, 촬영장에 나오기만 하면 계속 쉬가 마렵다면서 화장실을 들락거리고 있다.

그런 상황인데 아이의 연기가 제대로일 리 없었다.

그럼에도 유명우 감독은 찍는 신마다 오케이 사인을 내 버리니, 나머지 배우들도 영화에 혼을 담아 연기를 하는 이가 없게 되었다. 다들 건성으로 눈치만 보며 촬영에 임했다.

그러다 오세라가 제동을 걸어 재촬영을 요구하면 유명우 감독은 그녀의 요구를 순순히 받아들였는데, 문제는 다시 찍는 장면이라고 다르지 않다는 사실이었다.

'빌어먹을!'

그러니 오세라도 촬영장 분위기가 이상함을 눈치챌 수밖에 없었다.

겉으로는 아무런 문제가 없는 것처럼 돌아가고 있지만, 속을 뜯어보면 잔뜩 곪은 상태임을 안다. 감독, 배우들, 스태프들…… 모두의 눈이 빛나지 않는다.

그저 다들 허깨비같이 서서 신을 찍는 것처럼 보였다.

'그런다고 내가 사과할 것이라 생각한다면 오산이다! 나도 이번 영화로 대박을 칠 생각은 없거든. 그저 손익분기점만 넘길 정도의 작품만 되어도 충분하다.'

제대로 된 작품을 만들려면 지금이라도 유명우 감독의 마음을 돌리는 일이 필요했다.

그걸 오세라도 알고 있지만. 하찮은 영화감독 따위에게 고개를 숙이는 일은 그녀의 자존심 상 절대 용납할 수 없었던 것이다.

그래서 그녀가 택한 차선책은 바로 손익분기점을 넘기기만 하자는 것이다.

비록 유명우 감독이 건성건성 영화를 찍고는 있지만, 썩어도 준치라고 했다. 적어도 이번 영화 사업이 본전치기는 될 것이라 믿었다.

❋

일주일이 흘러갔다.

오승찬 감독의 영화 〈엄마 찾기〉도 드디어 오늘부터 크랭크인에 들어가게 되었다.

영화의 도입부에 들어갈 장면은 아역 배우가 자라난 시골의 분위기가 필요한 일이기에 서울에서 그리 멀리 떨어지지 않은 춘천을 촬영장으로 섭외했다.

촬영 시작 전에 고사를 치르게 되었다.

먼저 영화감독 오승찬이 고사상에 절을 올렸다.

"영화의 성공도 좋지만, 무엇보다 배우들과 스태프들 모두가 무탈하게 영화를 찍을 수 있도록 해 주십시오!"

오승찬 감독의 기원에 모두가 숙연했다.

다음으로 스카이 제작사 대표 정수록이 절을 올렸다.

"오 감독님 영화가 부디 성공하게 해 주십시오!"

정수록 다음 차례로 유토피아 대표 석기와 영화의 주인공인 아역 배우 박아람이 함께 고사상에 절을 올리게 되었다.

"이번 영화 찍고 나면…… 저도 엄마를 찾으면 좋겠어요."

박아람의 기원에 분위기가 다시 숙연해졌다.

영화처럼 박아람 엄마도 집을 나간 상태였기에.

즐거운 날이니 분위기 환기가 필요했다.

"이번 영화! 아람 양의 엄마도 찾고, 천만 관객도 들어오면 좋겠습니다!"

석기의 발언에 박수가 요란하게 쏟아져 나왔다.

천만 관객.

그걸 언급한 것은 석기 나름대로 아우라를 보고 판단한 것이지만, 다들 믿는 기색은 아니었다.

그저 즐거운 해프닝처럼 여겼다.

그때 조감독이 석기가 내놓은 절값을 확인하고 입이 귀에 걸렸다.

"절값이 천만 원 되시겠습니다!"

"와아아! 신석기 대표님 최고!"

석기로 인해 고사의 분위기를 들뜨게 만드는 데 일조했다.

고사상의 절값은 나중에 스태프들의 간식 비용으로 지출될 테니 말이다.

　뒤를 이어서 고사는 계속 진행되었고, 배우들과 스태프들이 차례대로 절을 올리고 다들 영화가 잘되기를 기원했다.

　"자! 다들 수고하셨습니다! 고사도 끝났으니 촬영에 들어가기 전까지 잠시 휴식을 갖도록 하겠습니다!"

　고사가 끝나자 모두가 고사상에 차려진 음식과 술을 나눠 먹으며 잠시 휴식에 들어갔다.

　연예계 기자들도 마찬가지였다.

　오승찬 감독의 영화가 크랭크인에 들어가는 날이라는 것에 촬영장에 참석한 기자들이 한쪽에 마련된 돗자리에 앉아서 떡과 막걸리를 마시면서 잡담을 나누기 시작했다.

　"확실히 이쪽은 명성과는 정반대의 분위기로군요."

　"오 감독 이번 영화로 정말 대박을 터트리는 것은 아닐까 싶죠?"

　"쯧! 그걸 보면 유 감독도 참 안되었지. 이번 영화 완전 폭망할 분위기라면서요? 괜히 오세라 회장과 손잡아서는……."

　"충무로에서 오세라 회장을 일컬어 호환마마보다 무서운 존재라는 말도 있잖아요."

　"하긴 영화감독과 배우들에게 기피 대상 1호라는 말도 있죠."

　기자들이 명성을 마구 씹어 댔다.

유명우 감독이 찍을 영화는 첫날부터 오세라의 간섭으로 분위기가 완전 썰렁했지만, 이곳의 분위기는 감독과 배우와 스태프들 모두의 분위기가 너무 화기애애했던 것이다.

게다가 세간에 출시된 제품마다 모조리 대박을 치고 있던 유토피아 대표인 석기가 분위기 메이커 역할을 톡톡히 해내고 있었다.

석기와 인사를 나누는 이들의 얼굴에는 하나같이 웃음꽃이 피었고, 파이팅을 힘차게 외쳐 댔다.

그렇게 휴식이 끝나고.

드디어 영화 촬영에 들어가게 되었다.

영화 도입부에서 요구하는 메이크업과 의상을 갖춰 입은 박아람 아역 배우.

한편으론 유명우 감독의 영화에선 아역 배우의 의상에 대한 오세라의 지적질로 감독과 싸움이 일어났던 부분이기도 했지만, 이곳에선 전혀 그런 일이 벌어지지 않았다.

석기의 '성수 응원' 효과.

그동안 충분한 성수 마사지를 통해 박아람의 외모는 누가 보더라도 미소가 나올 정도로 엄청나게 깜찍하고 귀여웠다.

영화의 설정상 일부러 촌스럽게 꾸미고자 일자로 자른 앞머리가 오히려 박아람의 매력 포인트로 작용할 정도였고, 천진난만한 아이의 눈동자는 샛별처럼 반짝거렸다.

"레디! 액션!"

거기에 연기까지.

오승찬 감독의 숫 사인이 터지자, 모두의 기대 어린 눈빛에 박아람은 제대로 부응해 주었다.

배우로서의 첫발을 내딛는 박아람 아역 배우.

카메라 앞에서 정식으로 연기해 보는 것이 처음이었지만, 박아람의 연기는 아주 자연스러웠다.

아이의 표정연기와 대사를 치는 딕션까지 그야말로 완벽했다.

그런 박아람의 분위기에 이끌려 다른 배우들도 자연스럽게 연기에 몰입하게 되었다.

촬영을 방해할 수 없다 보니 다들 손으로 입을 막은 구경꾼들의 감탄 어린 숨소리가 여기저기서 쉼 없이 흘러나왔다.

카메라 모니터를 통해 박아람의 표정 연기를 흡족하게 지켜보고 있던 오승찬 감독 역시 속으로 쾌재를 불렀다.

"오케이이! 컷!"

오승찬 감독의 입에서 힘찬 오케이 사인이 터졌다.

NG 한번 없이 한방에 이어진 도입부 촬영에 오승찬 감독의 입이 찢어졌다.

영화의 첫 단추는 아주 중요했다.

무사히 잡음 없이 끼었다는 자체로 사람들은 속으론 이번 영화의 행운을 점치게 되었다.

그러자 이런 촬영 현장의 분위기에 기자들 중, 유독 두 사람의 인상이 찡그려진 상태였다.

이들은 전에 〈흑기사 아저씨〉 기자회견에서 심심풀이로 기자들끼리 내기를 했을 때 오승찬 감독의 〈엄마 찾기〉보다 유명우 감독의 〈흑기사 아저씨〉에 승부를 걸었던 기자들이다.

흥행 제조기로 통하던 유명우 감독의 인지도와 명성미디어의 자금력을 믿고 명성 쪽에 승부를 걸었던 탓이다.

그런데 그것이 오판이었다.

이곳의 촬영 현장과 명성 쪽 촬영 현장을 비교하자 자연스럽게 답이 나왔다.

될 영화는 분위기만 봐도 안다.

그런 점에서 오승찬 감독의 〈엄마 찾기〉는 아주 감이 좋았다.

반대로, 유명우 감독의 〈흑기사 아저씨〉는 갈수록 영화가 산으로 가고 있다는 소문이다.

〈흥행 제조기〉로 통하던 유명우 감독의 명성도 이번 영화로 내리막길을 걷게 될 것이라는 소문이 충무로에 파다하게 퍼진 상태였다.

❀

한편 오세라.

그녀도 오승찬 감독이 지휘하는 〈엄마 찾기〉의 크랭크인이 오늘임을 알고 있었다.

〈엄마 찾기〉가 망하기를 누구보다 학수고대하고 있지만 그쪽에 심어 놓은 기자를 통해 들은 소식은 그녀를 열불 나게 만들었다.

-흠, 감독과 배우들의 손발이 잘 맞아서 그런지 순탄하게 첫 촬영을 마쳤습니다. 죄송하지만 촬영장 분위기도 좋아서 망할 조짐은 전혀 보이지 않습니다.

기자는 솔직한 반응을 원하는 오세라의 채근으로 인해 촬영장에서 기자가 보고 느낀 바를 솔직하게 밝혔다.

-그리고 이건 충무로에서 떠도는 소문인데, 회장님께서도 이미 알고 계시는지 모르겠지만…….

기자와 통화를 나눈 오세라의 얼굴이 잘 익은 홍시처럼 변했다.

'빌어먹을! 나를 불운의 아이콘이라고 칭한다고? 영화감독과 배우들이 나를 기피 대상 1순위로 꼽았다고? 이런 처죽일 놈들 같으니!'

오세라는 기자에게 들은 말을 떠올리곤 너무 분해서 온몸을 부들부들 떨어 댔다.

특히 유토피아 대표 석기에 대한 말은 그녀의 분노를 곱빼기로 만들어 버렸다.

'나와 반대로 신석기 그놈이 합류하는 사업들은 모두 대박

을 칠 것이라고 소문이 났다니! 이이익! 분해서 미칠 것만 같다!'

오세라는 불운의 아이콘으로 칭해지게 되었지만 반대로 석기는 행운의 아이콘으로 칭해지고 있다는 말에 그만 꼭지가 돌았다.

어차피 이번 영화 사업에 도혁수가 손을 뗀 이상 영화의 성공에 미련을 버렸지만 석기가 잘되는 꼴은 진짜 보기 싫었다.

'어떻게 해야 신석기 그놈에게 제대로 복수할 수 있을까?'

오세라의 동공에서 살기가 일렁거렸다.

유토피아 힐링센터에 해결사를 잠입시켜 봤지만 건진 것은 아무런 쓸모도 없는 모래시계가 전부였다.

게다가 그런 짓거리를 벌인 것으로 인해 그녀의 영화 사업을 돕기로 했던 도혁수와 갈라선 상태였다.

'유토피아 소속 아역 배우 이름이 박아람이라고 했지. 그 애를 처리하면 영화를 못 찍게 될 테니 자연스럽게 영화가 망하게 되겠군.'

오세라는 어차피 이번 영화 사업도 핸드폰 광고처럼 실패할 것이라고 생각하자, 석기에 대한 복수심에 오승찬 감독의 영화를 망하게 만들 생각이었다.

오승찬 감독의 〈엄마 찾기〉에서 가장 커다란 비중을 차지하고 있던 아역 배우 박아람만 없어지면 영화를 중도에서 하차하는 수밖에 없을 것이라 여겼다.

드르륵!

서랍에서 대포 폰을 꺼냈다.

"나야. 아이 하나를 납치할 해결사가 필요해서 연락했어."

-흐음, 그렇다면 이번에도 입이 무거운 해결사가 필요하겠
군요.

"저번에 고용했던 해결사 일은 유감이야."

-그건 저희로서도 불가항력이었습니다. 저희가 까발린 것이
아니라 명성 정보팀의 정보력이 워낙 막강해서 말이죠.

유토피아 힐링센터에 잠입시킨 해결사는 그곳을 잠입한
일을 절대 누구에게도 까발리지 않았지만, 어째서인지 도혁
수는 그것을 알고 있었다.

그만큼 명성 정보팀의 정보 장악력이 엄청나다는 의미였
다.

하지만 오세라가 이번에 사주하려는 짓은 명성 정보팀에
들통나도 상관없었다.

어차피 도혁수가 영화 사업에서 손을 뗀 이상 그녀가 어
떤 짓을 해도 외조부인 주현문 총수도 납득을 할 것이라 여
겼기에.

그리고 어쩌면 주현문도 오승찬 감독의 영화를 망하게 만
드는 것을 속으로 바라고 있을 것이라는 생각도 들었다.

"좋아. 저번 일은 내가 너그러운 마음으로 그냥 넘어가 주

지. 그럼 이번 일도 그 해결사에게 맡겨. 그래도 A급 해결사
라니."

　-어쩌죠? 그게 좀…… 곤란하겠습니다.

"뭐가 곤란하단 거야?"

　-그 해결사가 사라졌습니다.

"사라져? 어디로?"

　-그건 저희도 모르는 바입니다. 연락을 끊고 잠적했으니까
요.

해결사가 자취를 감춘 것.

그건 주현문 총수의 짓거리였다.

건드리지 않는 편이 좋을 거라는 도혁수의 말에 따르는 척
했지만 성수에 관한 정보를 알고 있는 해결사를 도저히 용납
할 수 없었다.

해서 주현문 총수는 몰래 살인 청부업자를 고용해 도혁수
모르게 해결사를 바다에 던져 버리도록 했다.

과연 도혁수가 이런 사실을 모르고 있을까 싶지만.

"그 해결사가 연락을 끊고 잠적했다고?"

　-당분간 일을 좀 쉬고 싶다는 말은 했습니다. 아마 어디 외
국으로 떠난 것이 아닐까 싶습니다. 그러니 이번엔 다른 해결
사를 고용하셔야만 할 겁니다.

오세라는 하필 안면 있는 해결사가 잠적한 것이 못마땅했
지만 대수롭지 않게 넘겼다.

"그렇다면 다른 해결사를 연결해 줘. 기다릴 시간이 없어서."

―알겠습니다. 하면 처리 대상에 대한 정보를 말씀해 주시면 해결사와 연결시켜 드리겠습니다.

"처리 대상은 아역 배우 박아람이라는 애야. 지금은 춘천에서 영화 촬영 중이나 이번 주에 서울로 올라온다고 했으니, 그때 기회를 봐서 납치해 주면 좋겠어."

―혹시 그 아이 유토피아 소속 아역 배우입니까?

"맞아. 왜?"

―흠, 죄송합니다. 이번 일은 곤란하겠습니다. 저희가 유토피아와 연관된 사주는 받지 않기로 해서 말이죠.

"뭐, 뭐라고? 유토피아와 연관된 사주는 받지 않겠다고?"

―그곳에 이상하게도 손대기만 하면 물먹게 되더라고요. 아마 다른 곳에 알아봐도 같은 분위기일 겁니다. 유토피아를 건드리면 재수 털린다는 말이 이 바닥에 파다하니까요. 그러니 회장님도 자중하시는 것이 신상에 좋을 겁니다.

"이이익! 이놈이 대체 무슨 소리를 하는 거야!"

결국 오세라는 아역 배우 박아람을 납치하는 일을 할 수가 없었다. 화가 나서 다른 업자에게 연락해 봤지만 앞서 했던 소리와 똑같은 소리를 들을 뿐이었다.

심지어 유토피아에 해를 가하려는 사주를 한다면 더는 연락을 하지 말라는 말까지 들었다.

'이것들이 죽고 싶어 환장했군!'

대포 폰을 움켜쥔 오세라의 손이 부들부들 떨고 있다.

해결사들이 생각보다 강경하게 유토피아와 연관된 사주는 일절 사절이라는 태도를 보이고 있지만, 그녀로선 무슨 일이 있어도 박아람 아역 배우를 납치해서 〈엄마 찾기〉 영화가 엎어지는 꼴을 봐야만 했기에 용납이 되지 않았다.

'그렇다면 돈으로 밀어붙이는 수밖에.'

오세라는 세상에 돈이면 뭐든지 된다고 생각했기에 해결사 질이 떨어지더라도 돈으로 박아람 아역 배우의 납치를 시도하고자 마음먹었다.

그래서 그녀는 가장 먼저 연락했던 해결사 연락책에게 다시 전화를 걸었다.

"나야."

-왜 또 전화하신 거죠? 분명히 말씀드리지만 이제 더는 유토피아와 관련한 사주를 받지 않겠다고 말씀드렸을 텐데요.

오세라의 전화를 전혀 달가워하지 않는 해결사 연락책의 분위기였지만 그녀는 아랑곳하지 않았다.

"하급 해결사라도 상관없어. 그러니 아이를 납치할 수 있는 해결사를 연결해 줘. 만일 들어주지 않으면 그쪽에서 유토피아 힐링센터를 턴 것을 경찰에 신고할 거야."

오세라의 협박성 발언에 연락책 사내가 예민하게 반응했다.

이쪽 일은 법에 저촉되는 일이기에 서로 간의 끈끈한 신뢰가 아주 중요했는데, 그걸 오세라가 어기려고 하고 있었으니 말이다.

  -이거 너무하시는 거 아닙니까? 정 그렇게 나오신다면 저도 할 말이 많습니다. 저희가 유토피아 힐링센터에 해결사를 보낸 일이 오세라 회장님의 사주로 비롯된 일이라고 밝히는 수밖에 없습니다.

  연락책 사내도 제법 세게 나왔지만 오세라는 콧방귀를 끼듯이 나왔다.

  "자신 있으면 그렇게 해 보든가. 나야 실력 있는 변호사 써서 오리발을 내밀면 돼. 하지만 그쪽은 조사가 들어가면 사업을 접어야 할 거야. 그렇게 되면 과연 누가 손해일까?"

  -끄으응! 젠장!

  "내일 밤 11시. 한강변에 이 일을 맡을 해결사가 나오지 않으면 경찰에 신고를 해버릴 테니까 알아서 해."

  -으읔! 좋습니다. 대신 이번 일은 위험 부담도 크고 유토피아의 아역 배우를 납치하는 거니 3억은 받아야겠습니다. 그래도 하실 겁니까?

  연락책 사내는 일이 이렇게 된 이상 오세라에게 돈이라도 왕창 뜯어내고자 했다.

  "돈은 걱정 마. 이번에는 잔금 날까지 기다릴 필요 없이 내일 만나는 자리에서 한꺼번에 3억을 줄 테니까."

-헉! 아, 알겠습니다!

결국 오세라 뜻대로 이루어졌다.

하급 해결사가 아이를 납치하는 일을 맡게 된 것이 마음에는 걸렸지만 지금으로선 이게 최선이라 생각했다.

❖

한편 도혁수는 주현문 총수의 일을 도와주고 있지만 오세라의 움직임도 신경을 쓰고 있었다.

-오 회장이 하급 해결사를 사주하여 오승찬 감독의 영화에 출연하는 아역 배우 박아람을 납치하려 한다는 정보를 입수했습니다.

"해결사와의 접선은 언제야?"

-내일 밤 11시에 한강변에서 해결사와 접선을 하게 될 모양입니다. 참고로 이번 일에 대한 사주 비용으로 3억을 제시했던 모양인데 오 회장이 쉽게 콜을 했나 봅니다.

정보팀의 연락에 도혁수의 눈빛이 의미심장하게 번뜩였다.

영화 사업에서 도혁수가 손을 떼자 오세라는 이제 대놓고 해결사를 사주하고 있었다.

"오 회장이 해결사와 접선하는 장소에 기자를 대기시켜. 이번 일은 총수님이 눈치채지 못하게 비밀로 해야 하네."

-알겠습니다.

석기와 한편을 먹은 도혁수 입장에선 이제 오세라는 적이었다.

유토피아 소속인 박아람 아역 배우를 납치하여 〈엄마 찾기〉 영화를 망치려는 오세라의 행동을 도저히 눈감아 줄 수가 없었다.

이번 기회에 오세라에게 따끔한 맛을 보여 줄 필요가 있었다.

❈

청담동 오피스텔.

밤이 되자 석기는 도혁수와 통화를 나누게 되었다.

하루에 한번씩. 대포 폰으로 도혁수의 보고를 듣고 있는 상황이다.

-오 회장이 박아람 아역 배우를 납치하고자 일을 벌였습니다.

오늘은 주현문 총수에 관한 일이 아니라 뜻밖에도 유토피아 소속 아역 배우 박아람에 관한 건이라는 것에 놀라움이 컸다.

-내일 밤 한강변에서 오 회장이 해결사와 접선하기로 했는데, 그곳에 기자를 보내 납치 사주 사건을 대대적으로 알릴 계

획입니다.

하긴 오세라의 인간성을 생각하면 도혁수가 영화 사업에서 손을 뗐는데도 조용히 있다는 것이 그게 이상한 일이긴 했다.

참고로 요사이 유명우 감독이 찍는 영화가 산으로 가고 있다는 소문이 파다했다.

오세라는 명성에서 제작할 영화가 성공하지 못할 것임을 인지하자 함께 죽자고 그런 짓을 시도했을 것이다.

〈엄마 찾기〉의 주인공인 박아람을 납치하면 영화가 중도 하차를 하게 될 것이니 말이다.

"정보 감사합니다. 오 회장이 아이를 납치하고자 해결사를 사주한 사건이 밝혀지면 주현문 총수는 어떻게 나올까요?"

ㅡ지금은 총수가 성수에 꽂혀 오 회장 혼자 영화 사업을 성공시켜 보라고 방관하고 있는 상태이나, 막상 납치 소동이 밝혀져 명성미디어 주가가 떨어지면 명성금융도 타격을 받을 것은 당연한 이치이니 더는 방관만 하고 있지는 않을 겁니다. 게다가 지금 총수 입장에선 저를 시켜 앞날을 대비한 준비를 하고 있는 상황이니만큼 어떤 잡음도 원치 않을 겁니다.

도혁수 의견에 석기도 수긍하는 바였다.

지금 주현문 총수에게 있어서 가장 중요한 문제는 성수로 새로운 인생을 사는 거였고, 지금 한창 도혁수를 통해 앞날에 대비한 준비를 하는 과정 중이었다.

그랬기에 총수는 하필 이런 시기에 일을 벌인 외손녀 오세라가 못마땅해 죽겠지만 어쩌겠는가.

오세라가 박아람을 납치하고자 해결사를 사주한 사건이 세간에 밝혀지면 총수에게도 좋을 턱이 없었기에 반드시 무마하고자 나올 것이 분명했다.

"도 실장님! 총수가 중간에서 오 회장의 일을 무마하고자 나서게 만든 다음, 오히려 이번 일의 파이를 왕창 키우는 것도 좋겠습니다."

역시 눈치 빠른 도혁수답게 석기의 의중을 금방 캐치했다.

-파이를 키운다는 의미는 앞으로 다가올 악재를 이번 기회에 터트리자는 의미인가요?

"맞습니다. 도 실장님도 알고 계시겠지만 요사이 그쪽 소문이 좋지 않더군요. 이대로 흐른다면 유명우 감독이 모든 덤터기를 쓸 소지가 큽니다. 총수가 나서서 이번 일을 무마시킨다면 결국 영화를 제대로 찍지 못한 유명우 감독에게 비난의 화살이 날아갈 겁니다."

유명우 감독이 명성과 손을 잡고 영화를 찍게 된 것은 결국 도혁수로 인해서였다.

과거에 입은 은혜를 갚을 생각에.

그랬기에 만일 유명우 감독이 덤터기를 쓴다면 도혁수의 마음도 편치 못할 것이라 여겼다.

-알겠습니다. 박아람 아역 배우의 납치 사주 건이 뉴스로 보

도되면 후속타로 〈흑기사 아저씨〉의 남자 주인공의 마약 문제와 아역 배우 부친의 원정 도박 건까지 한꺼번에 터트리도록 하겠습니다.

도혁수가 말한 정보는 아직 세간에는 밝혀지지 않았지만 조만간 터질 정보였다.

본래는 영화 제작이 끝난 하반기에 터질 사건이었으나, 앞당겨 터트려 아예 유명우 감독이 찍을 영화를 중도에 하차시킬 작정이었다.

어찌 보면 그것이 차라리 마지못해 영화를 찍고 있는 유명우 감독의 커리어를 위해서도 좋았다.

"도 실장님과 한 가지 상의할 일이 있습니다."

─어떤 일이죠?

"내일 한강변에 기자 대신에 제가 나가도록 할게요."

─한강변에 신 대표님이 나가신다고요?

"감히 유토피아 소속 아역 배우를 건드리려는 일입니다. 대표 입장에서 절대 용서할 수 없습니다. 해서 오 회장이 해결사를 사주한 내용을 모두 자백하게 만들어 세간에 터트릴 계획입니다."

─오 회장과 해결사가 순순히 자백하고자 할까요?

"반드시 자백을 받아 낼 수 있도록 할 겁니다. 그리고 아직은 도 실장님은 저와 연관이 있어서는 안 되는 상황이니 이번 일은 절대 나서지 마세요. 저도 경호원들을 데리고 움직일 테니 문제될 것은 없을 겁니다.

　-그렇다면 알겠습니다. 부디 몸조심하시기 바랍니다.

　내일 오세라가 해결사와 접선하는 자리에 기자 대신에 석기가 나가기로 했다.

　성수를 이용하면 오세라와 해결사의 자백을 쉽게 받아 낼 수 있을 터.

　하지만 그것에 대해선 도혁수에게 비밀로 하는 것이 좋았다.

✳

　다음 날, 밤 11시가 되어 가는 한강변.

　그곳에 나타난 오세라가 해결사에게 3억이 들어 있는 돈 가방을 건네려던 찰나.

　찰칵찰칵! 번쩍번쩍!

　카메라 플래시가 환하게 터졌다.

　오세라와 해결사는 난데없는 상황에 크게 당황한 기색이었다.

　"이게 대체 무슨 일이야!"

　"그, 그게…… 저도 모르겠는데요?"

　"카메라를 들고 있는 것을 보니 기자 아냐? 설마 저놈, 네가 달고 온 거야?"

"아, 아닙니다! 제가 미쳤다고 여기에 기자를 달고 오겠습니까?"

"그럼 대체 뭐야! 이이익!"

오세라 딴엔 은밀히 추진한 일이 기자에게 꼬리를 밟힌 것을 눈치채자 화가 나서 미칠 지경이었다.

그러다 역시 인성 쓰레기답게 그녀가 떠올린 방법은 오리발이었다.

기자의 카메라에 해결사에게 돈 가방을 건네주는 장면을 찍히긴 했지만 납치 건에 대해선 함구를 하면 그만이라고 생각했다.

"박아람 납치를 내가 사주했다는 것은 절대 비밀이야! 만일 그 일을 기자에게 밝혔다간 네놈을 바다에 물고기 밥으로 던져 버릴 테니까 그렇게 알아!"

"하아! 아, 알겠습니다!"

"당장 차에서 내려!"

"으윽!"

오세라는 조수석에 타고 있던 해결사를 막무가내로 차에서 내리게 하고는 차를 몰고 그대로 한강변에서 줄행랑을 쳤다.

찰칵찰칵! 번쩍번쩍!

하지만 바닥에 나자빠진 해결사는 엉겁결에 오세라가 건넨 돈 가방을 끌어안고 있는 상태였다. 그런 상황을 카메라에 담고자 누군가 열심히 플래시를 터트렸다.

이어 팔로 얼굴을 가린 해결사를 향해 카메라를 소지한 사내가 이번엔 생수를 뿌려 댔다.

휙! 휘리릭!

해결사에게 생수를 뿌린 것.

성수의 신비로운 힘을 이용하여 해결사의 자백을 받아 내기 위해서였다.

"자! 팔 내리고 내 얼굴을 똑바로 보도록 한다!"

효과가 금방 나타났다.

해결사가 몽롱한 눈빛으로 모자를 눌러쓴 사내를 쳐다봤다.

사내는 바로 석기였다.

기자가 아님에도 카메라를 소지한 것은, 두 사람이 그를 기자로 오인하도록 만들기 위해서 그런 거였다.

"지금부터 이곳에서 만난 인물에 대한 정보를 비롯하여, 무슨 짓을 벌이고자 은밀히 접선한 것인지 죄다 밝히는 것이 좋을 거야!"

석기의 말이 끝나자 해결사는 갑자기 머릿속이 하얀 안개가 끼는 느낌이 들더니 그의 의지와 상관없이 입이 제멋대로 움직이기 시작했다.

"제 직업은 해결사입니다. 명성미디어 오세라 회장님이 제게 유토피아 소속 아역 배우 박아람이란 아이를 납치하는 일을 사주했습니다. 여기 돈 가방에 들어 있는 돈은 오세라 회장님이 제게 납치의 대가로 준 돈입니다. 오세라 회장님은 이번 일을 밝히면 저를 바다의 물고기 밥으로 던져 버리겠다고 했지만 양심의 가책을 느끼고 자백합니다. 정말 잘못했습니다."

석기는 핸드폰을 동영상으로 돌려놓고 해결사가 하는 말을 하나도 빠짐없이 찍었다.

오세라가 해결사와 함께 있는 영상이 보다 효과가 좋을 테지만, 그래도 차 안에서 두 사람이 함께 있는 사진은 건진 셈이니 되었다.

그리고 해결사의 자백만으로도 그녀가 박아람을 납치토록 사주한 일에 대한 증거 자료로 충분했다.

해결사에게 준 3억.

계좌이체가 아닌 현금으로 건넨 상황이나, 그걸 오늘 은행에서 찾아왔을 테니 얼마든지 증거를 찾아낼 수 있었다.

만일 주현문 총수가 오세라를 위해 납치 소동을 무마하고자 나온다면 그것에 대응하여 후속타를 터트릴 작정이었다.

❁

청담동 경찰서.

석기 앞에서 자백했던 해결사가 다음으로 향한 장소는 바로 경찰서였다.

"무슨 일로 오셨습니까?"

"자, 자수하러 왔습니다."

"무슨 일을 저질렀기에 자수를 하시려는 거죠?"

"그, 그게…… 명성미디어 오세라 회장이 제게 유토피아 소속 아역 배우를 납치해 달라면서 3억을 주었습니다."

"그러니까 명성 회장이란 사람이 당신에게 돈을 주고 어린애를 납치하라고 사주했다고요? 혹시 당신 술 취한 거 아냐?"

"아, 아닙니다! 술은 한 방울도 입에 대지 않았습니다. 정제 말을 못 믿겠다면 여기 증거가 있어요. 가방 안에 오 회장이 준 3억이 들어있으니 직접 확인해보세요."

해결사가 가져온 가방 안에 정말로 3억이 들어 있다는 것에 그만 경찰서가 발칵 뒤집어졌다.

해결사가 진술한 내용도 엄청났지만 증거물로 정말로 돈 3억이 나온 상황이니 말이다.

그러던 바로 그때.

해결사의 자백이 진실임을 뒷받침해 주듯이 영상 플랫폼 넙튜에 사건에 관련한 영상이 올라왔다.

"반장님! 이것 좀 보세요! 방금 넙튜에 올라온 영상인데, 이거 돈 가방을 가져온 사람이 나오는 영상 같은데요?"

"어디 줘 봐! 허어!"

해결사 주위에 몰려들었던 경찰들이 넙튜에 올라온 내용을 확인하기 시작했다.

차 안에서 오세라가 해결사에게 돈 가방을 건네는 장면을 비롯하여, 해결사가 석기 앞에서 자백했던 장면까지 확인한 경찰들은 그제야 사태의 심각성을 깨닫게 되었다.

❀

─속보입니다! M미디어 회장 오 씨가 해결사를 사주하여 U기획사 소속 아역 배우를 납치하고자 해결사를 사주했다는 소식입니다! 오 씨는 해결사를 사주하는 데 현금 5만 원짜리 지폐로 총 3억 원을 건넨 것으로 밝혀졌습니다.

해결사는 오 씨의 사주를 받고 난 뒤, 어린아이를 납치하려는 일에 양심의 가책을 느껴 마침 사건 현장을 찾아왔던 모 기자에게 죄를 뉘우치는 자백을 했고, 다음으로 청담동 경찰서에 자수했다고 합니다!

결국 오세라가 해결사를 사주하여 박아람을 납치하고자 했던 일은 아침 뉴스로 보도되었다.

이건 모두 석기가 나서서 한 일이지만 표면적으로는 석기와 전혀 무관한 일처럼 흘러갔다.

한편 오세라의 집.

"으아악! 미쳐 버리겠네!"

오세라는 갑작스러운 카메라 플래시에 놀라 한강변에서 줄행랑을 쳤지만 불안해서 미칠 지경이었다.

그러나 결국 아침 뉴스에 해결사를 사주한 일이 속보로 보도되자 머리를 쥐어뜯으며 분통을 터트렸다.

해결사와 접선하기로 했던 한강변에 어찌 기자가 따라붙은 건지 알 길이 없었다.

하지만 분풀이 대상이 필요한 그녀는 당장 해결사 연락책에게 전화를 걸었다.

─전원이 꺼져 있어 연결이 되지 않고 있습니다.

해결사를 연결해 준 연락책 사내는 잠적을 했는지 오세라 전화를 받지 않았다.

그로 인하여 오세라는 더욱 미친 듯이 펄쩍 뛰었지만 이대로 있다간 문제가 커질 터였기에 대책마련이 시급했다.

아침 뉴스에는 오세라의 실명이 언급되지 않았지만, 넙튜에 올라온 영상으로 이미 해결사를 사주한 인물이 바로 오세라임은 훤히 증명이 된 셈이었기에 말이다.

'어떡하지? 외할아버지가 이 사실을 알게 된다면 당장 영화고 나발이고 회장 자리에서 내려오라고 노발대발하실 텐데.'

오세라는 핸드폰을 손에 쥔 채로 불안한 마음에 손톱을 잘근잘근 깨물어 대면서 머리를 굴렸다.

박아람을 납치한 것은 아니지만, 아이를 납치하고자 해결사를 사주한 것이 사실로 밝혀진 이상 그녀가 범죄를 저지른 것은 기정사실이었다.

'아무래도 도 실장에게 먼저 전화를 거는 것이 좋겠어.'

오세라가 약속을 어긴 일로 이제는 그녀의 일에서 손을 뗀 도혁수였지만 지금 그녀가 도움을 청할 사람이라고는 도혁수 밖에 떠오르지 않았다.

"도 실장님! 혹시 아침 뉴스 보셨어요?"

-네, 봤습니다. 그리고 넙튜에 올라온 영상도 마찬가지고요.

도혁수의 냉랭한 음성에도 오세라는 마음이 급했기에 체면을 차릴 처지가 아니었다.

"도 실장님! 저 좀 도와주세요! 이번 일만 무마해 주시면 그 은혜 잊지 않을게요!"

-혹시 총수님께 연락은 드리셨습니까?

"아, 아뇨! 도 실장님에게 먼저 연락을 드린 거예요. 그러니 제발 이번 일을 잡음이 나지 않도록 처리해 주세요."

-저도 회장님을 도와드리고 싶지만 이번 일은 제 선에서 처

리가 어려울 듯싶습니다.

"뭐, 뭐라고요?"

-넙튜에 회장님 얼굴이 버젓이 나온 이상 오리발을 내밀기도 곤란한 상황이라서 말이죠. 그러게 일을 꾸미더라도 아랫사람을 시키시지, 왜 직접 나서신 겁니까?

도혁수의 빈정대는 말투에 오세라는 자존심이 상했지만 지금은 굽힐 때였다.

"어떻게 정말 안 되겠어요? 도 실장님 실력 있는 분이시잖아요. 그러지 말고 제발 이번 한번만 좀 도와주세요! 네에?"

-도움이 되어 드리지 못해서 죄송합니다. 총수님께는 회장님이 직접 연락하기 뭣하실 테니 제가 연락을 드리도록 하겠습니다.

"이이익!"

오세라는 도혁수와 통화가 끝나자 이를 빠드득 갈아 댔다.

아무리 도혁수가 그녀가 하는 영화 사업에서 손을 뗀 상황이라고 할지라도 이런 상황이라면 당연히 그녀를 도와주리라 생각했기에 배신감을 느꼈다.

"이렇게 된 이상 차라리 외할아버지를 찾아가서 용서를 구하는 것이 답이겠군!"

오세라는 방에서 나와 차를 몰고 평창동에 있는 외조부인 주현문 총수의 집으로 향했다.

오세라가 평창동에 도착했다.

그사이 도혁수가 주현문 총수에게 연락을 해서 모든 사실을 보고했던 모양인지, 총수는 오세라의 방문을 냉랭한 태도로 대했다.

"여긴 왜 찾아온 것이냐!"

외조부 주현문의 크게 진노한 모습에 오세라는 눈치를 보듯이 그의 곁으로 다가가 바닥에 무릎을 꿇고 고개를 조아렸다.

"잘못했어요, 외할아버지!"

"그러게 왜 직접 나서서 일을 키워! 그런 일을 저지르려면 아랫사람을 부리든가 해야지!"

주현문 총수는 넙튜에 올라온 차 안에서 해결사와 함께 찍힌 오세라의 사진으로 인해 오리발을 내밀기도 곤란해진 상황에 짜증이 났다.

성수를 취하고 새로운 인생을 살 것에 대비한 준비가 필요한 상황인데, 그만 외손녀 오세라로 인하여 쓸데없는 일에 휘말리게 생긴 것이다.

물론 오세라가 이런 짓을 벌인 것을 주현문도 이해는 갔다.

그도 듣는 귀가 있었기에 명성미디어에서 시도한 두 번째 영화 사업이 망하게 될 것이라는 소문을 들었다.

그리고 실제 돌아가는 꼬락서니를 봐도 성공보다는 실패할 확률이 높은 것은 사실이었다.

성수 문제만 아니었다면 오세라의 영화 사업에 좀 더 신경을 기울여 줄 수 있었지만 지금은 상황이 좋지 못해서 잠시 방관을 했더니 그 사이에 이런 꼴을 만든 것이다.

그래서 실은 오세라가 이곳에 오기 전에 도혁수에게 이번 일을 무마할 수 있도록 조치를 취해 보라고 지시를 내린 상황이다.

"오 회장이 돈 가방을 해결사에게 건넨 정황이 확실히 밝혀진 상황에서 오리발을 내미는 것은 먹히지 않을 겁니다. 그리고 은행에서 3억의 현금이 출금된 사실까지 밝혀지게 되면 이번 일에서 쉽게 빠져나가지 못할 겁니다."

처음에는 도혁수가 강경하게 나왔다.

하지만 오세라가 저지른 일을 무마하지 않으면 총수에게 불똥이 튈 수가 있었기에 막아야만 했다.

"그렇다면 해결사를 처리하는 방법은 어떤가?"

"해결사를 죽여서 그가 했던 자백을 허위로 돌리시겠다는 말씀이신가요?"

"지금으로선 그게 최상이야. 그놈에게 준 돈은 실은 아이를 납치하려는 일로 준 것이 아니라 협박에 의해서 준 것으로 처리하지."

"오 회장이 해결사에게 협박을 받았다고요?"

"그놈이 세라가 호스트바를 들락거린 것을 알고 돈을 뜯어내고자 협박한 것으로 하면 될 걸세. 차라리 아이를 납치하는 것보다는 그것이 나을 테니까."

물론 도혁수의 반응은 그리 탐탁지 못했지만, 그는 결코 총수의 지시를 거역하지 못할 것이라 여겼다.

"일어나서 소파에 앉아라. 지금부터 내가 하는 말을 잘 명심해야 할 거다. 너는 해결사 그놈에게 아이를 납치하라고 사주한 것이 아니라 그놈에게 오히려 협박을 받은 것으로 돌릴 생각이다."

"협박을요?"

"그놈이 네가 호스트바를 들락거리는 것을 보고 그걸로 협박을 해서 돈을 뜯어내려는 것에 어쩔 수 없이 넌 그놈을 만나 돈을 준 것으로 처리할 생각이다."

"역시 제겐 외할아버지 밖에 없어요! 으흐흑! 앞으론 더는 문제를 일으키는 일은 없을 거예요!"

오세라는 주현문이 길을 터 준 것에 속으로 쾌재를 불렀지만 겉으론 눈물을 흘리며 반성하는 모습을 보였다.

"그런데 외할아버지, 만일 해결사가 딴 말을 하면 어쩌죠?"

"그건 염려 말아라. 그런 버러지 같은 놈에게 더는 말이 나오지 않게 묻어 버리면 그만이다."

"도 실장이 정말 해결사를 죽일까요?"

"죽이라고 했으니 군말 없이 따를 거다. 하여간 이번 일도 있고 하니 당분간은 촬영장에 나가지 말고 집에서 조용히 자중하는 것이 좋겠구나. 이번이 마지막이다. 더는 문제를 일으켰다가는 그때는 아무리 네가 외손녀라고 할지라도 도와줄 수 없다. 내가 할 말은 끝났으니 그만 집으로 돌아가도록 해라."

"이번 일 도와주셔서 정말 감사합니다, 외할아버지! 앞으로는 영화 촬영이 끝날 때까지 집에서 조신하게 지내도록 할게요."

오세라는 주현문을 끌어안고 크게 감격한 모습을 연출했다.

총수의 도움으로 이번 일을 무마할 수 있게 된 것에 그녀로선 이곳을 찾아온 것에 충분히 소기의 목적을 달성한 셈이었다.

❁

석기는 도혁수에게서 온 연락을 받았다.

본래는 밤에 한 번씩 보고하곤 했지만 오늘은 상황이 상황이라 아침에도 연락을 한 모양이다.

결국 주현문 총수는 비열한 존재답게 오세라를 돕고자 해결사에게 협박을 했다는 죄를 뒤집어씌우고, 그것으로 부족해서 해결사를 죽여 입을 막는 방법으로 사건을 무마하고자 나왔다.

"도 실장님! 진실이 덮인 것은 어쩔 수 없지만, 해결사를 다른 곳으로 빼돌린 것을 총수가 절대 모르도록 해야 할 겁니다. 해결사가 죽은 것으로 되어야 총수가 계속 도 실장님을 믿고 일을 맡길 테니까요."

–유념하겠습니다. 참고로 후속타로 터트릴 자료는 모 기자에게 넘긴 상태입니다. 해결사를 다른 장소로 옮기고 나면 곧바로 후속 기사가 터지게 조치를 취해 놓았습니다.

"수고하셨습니다. 부디 조심하시고 나중에 통화하죠."

석기는 도혁수를 믿었다.

주현문 총수는 해결사를 죽여서 입을 막을 생각이었지만 도혁수가 석기와 손잡게 되었으니 절대 총수의 뜻대로 흘러가지는 않을 터.

한편, 오세라.

석기와 도혁수가 계획한 일을 까맣게 모르는 그녀는 도혁수의 행동에 놀아나고 있는 셈이었다.

아침까지만 해도 언론계는 유토피아 소속 아역 배우 박

아람을 납치하고자 오세라가 해결사를 사주했다고 떠들썩
했다.

하지만 저녁에는 해결사의 자백은 모두 거짓이며, 심지어
해결사가 오세라를 협박하여 돈을 뜯어낸 것으로, 마치 오세
라를 피해자처럼 정정된 뉴스가 보도되었다.

그만큼 돈의 힘이 무섭긴 했다.

순식간에 진실을 뒤집어 버렸으니 말이다.

집에서 TV를 통해 저녁뉴스를 본 오세라의 입이 귀에 걸
렸다.

"호호! 마음에는 안 들지만 역시 도 실장의 일처리 실력만
큼은 확실히 알아줄 만하지? 게다가 감히 경찰에 찾아가서
함부로 입을 떠벌렸던 해결사도 곧 죽게 될 테니 내가 박아
람을 납치하라고 사주한 일은 세상에 영영 묻히게 될 거야."

오세라는 세상을 감쪽같이 속였다고 생각했다.

믿는 도끼에 발등 찍히다

파주 촬영 세트장.

영화 촬영을 위해 세트장에 모인 스태프들이 유명우 감독을 눈치 보듯이 힐끔거리고 있었다.

영화 촬영으로 예정된 시간이 벌써 한 시간이 훌쩍 넘어가고 있음에도 아직 촬영장에 남자 주인공과 아역 배우가 도착하지 않은 탓이다.

조연 배우들은 일찌감치 나와서 대기하고 있었지만, 남자 주인공과 아역 배우 없이는 촬영이 이루어질 수 없는 상황이라 촬영이 지연되고 있었다.

"죄송합니다, 감독님! 여러 차례 전화를 걸어 봤는데 서한빈 배우님과 진수아 어머니 두 분 다 전화를 받지 않고 있습니다!"

조감독이 배우들 관리를 제대로 못했다는 것에 총괄 감독인 유명우를 향해 면목이 없다는 태도로 고개를 조아리며 사죄를 표했다.

"잠시 촬영을 보류하되 배우들이 도착하면 곧바로 촬영에 들어갈 수 있도록 준비는 해 두세요. 그리고 혹시 배우들이 이곳으로 오는 도중에 사고가 났을 경우도 있으니 그것도 한번 체크해 보시고요."

"알겠습니다, 감독님!"

유명우는 조감독에게 필요한 지시를 내렸다.

한동안 촬영장에 발길이 뜸했던 양재인 작가가 찾아왔기에, 함께 담배를 피우고자 세트장 밖으로 나왔다.

"배우들이 뭔 일이지? 전화까지 받지 않고 있다면서?"

"……."

"그나마 오 회장의 면상을 보지 않아도 되니 숨통은 트이는구먼."

"……."

양재인 작가의 말에 연신 침묵으로 응대하는 유명우 감독의 눈빛이 어둡다.

사실 유명우 감독은 오늘 촬영장에 나오긴 했지만 기분이 좋지 못했다.

어제 아침에 명성미디어 회장 오세라가 유토피아 소속 아역 배우를 납치하고자 했다는 뉴스가 보도되었다.

다행히 저녁 무렵에 아침 뉴스에 대한 정정 뉴스가 보도되긴 했지만, 유명우는 누구보다 오세라의 쓰레기 인성을 잘 알고 있었기에 어쩌면 아침에 보도된 뉴스가 사실일지도 모른다는 생각이 들었다.

재력가라면 돈으로 얼마든지 뉴스를 조작할 수 있는 일이었기에 말이다.

"어젯밤에 오 회장과 통화했다고 했지? 대체 그 여자가 뭐라고 변명을 하던가?"

그동안 영화 촬영장 분위기를 거지같이 만들었던 오세라 회장이 어제 일로 당분간 촬영장에 나오지 않겠다고 연락했던 것이다.

그녀도 찔리는 구석이 있을 테니 그런 결정을 내렸을 것이라 여겼다.

"어디 변명을 할 여잔가? 오히려 뻔뻔스럽게 오리발을 내밀면 내밀었지."

"하긴. 근데 자네도 오 회장을 의심하고 있지? 나도 그래. 오 회장이 스카이제작사를 망하게 만들려고 유토피아 아역 배우를 납치하고자 일을 꾸몄을 거야. 그러다 들통이 나니 오히려 해결사에게 협박받았다고 나온 걸 테고."

"오 회장 뒤에 명성금융이 버티고 있으니 그쪽에서 돈으로 무마를 하고자 나왔겠지. 재력가들이 뉴스를 마음대로 주무르는 것이 어디 한두 번 있는 일인가?"

"그래도 알 만한 사람들은 다 알고 있을 거야. 국민도 머리가 있는데 계속 속아 넘어갈까? 그건 그렇고, 이런 상태라면 영화가 끝까지 갈 수나 있을지 의문이네."

양재인의 말을 들은 유명우도 기분이 착잡했기에 대답 대신에 손목시계를 쳐다봤다.

영화 촬영 시간이 한참 지났다.

그나마 오세라가 나타나지 않는 것은 이해할 수 있는 일이다.

그러나 문제는 한참 시간이 지났음에도 남자 주인공과 아역 배우가 연락 두절인 상태로 촬영장에 아직까지 모습을 비추지 않고 있다는 것이다.

그래서인지 현재 촬영장 분위기는 살얼음판과도 같아서 누가 톡하고 발로 건드리기만 해도 그대로 부서질 것만 같이 최악이었다.

스태프들이 유명우 감독의 눈치를 보느라 그의 면전에서는 대놓고 표를 내지 않고 있지만, 이러다 영화가 엎어지는 것은 아니냐면서 술렁거리는 소리가 유명우의 귀에 들려올 정도였다.

'이렇게 엉망인 영화를 찍어서 상영관에 내걸 바에는 차라리 영화가 중도에 엎어지는 것이 잘 된 일일지도 모르겠군.'

유명우 감독이 씁쓸히 웃었다.

영혼 없이 찍는 영화였기에 이번 영화에 거는 기대감은 제로였다.

　그랬기에 그는 하루에도 몇 번씩 영화를 찍는 것을 때려치우고 싶었지만, 그랬다가는 오세라가 유명우 감독은 물론이거니와 배우들과 스태프들의 앞길까지 모두 막아 버리겠다고 협박했던 터라 이러지도 저러지도 못하고 있는 상황이었다.

　그랬기에 유명우 감독의 솔직한 심정으론 차라리 대형 사건이라도 터져서 중도에 영화가 엎어지기를 바라고 있었다.

　그러던 바로 그때였다.

　"가, 감독님! 큰일 났습니다!"

　조감독이 얼굴이 허옇게 된 낯빛으로 유명우 감독이 있는 곳으로 달려오고 있었다.

　"방금 서한빈 배우가 마약투약 혐의로 검찰에 소환되었다고 합니다! 그리고 정소아 아역 배우도 부친이 원정 도박을 한 것이 밝혀져 문제가 커지는 바람에 모친이 아이를 데리고 시골로 내려간 모양입니다!"

　"서한빈 배우가……."

　"맙소사!"

　조감독의 말에 유명우 감독은 그만 어이가 없어 할 말을 잃은 기색이었고, 양재인 작가는 입을 떡 벌린 몰골이었다.

　'결국 올 것이 왔군.'

유명우는 남자 주인공인 서한빈의 눈빛이 이상함을 감지하고는 있었다.

겉으로 보이는 털털함과는 달리 무척 예민한 배우였다.

오세라로 인해 영화가 산으로 가는 분위기에 서한빈 역시 고민이 많았을 것이다. 거기에 아역 배우 문제까지 터졌다.

이런 상태라면 더는 영화를 찍는 것은 무리였다.

차라리 마음이 홀가분했다.

웅웅!

오세라의 전화였다.

그녀에게도 배우들 소식이 들어간 모양이다.

―이이익! 다들 죽여 버리고 말겠어!

오세라는 영화가 파토가 나 버린 상황에 문제를 일으킨 배우들을 죽여 버리겠다면서 입에 거품을 물고 길길이 날뛰었다.

"배우들을 죽이든 살리든 마음대로 하세요. 하지만 먼저 문제의 소지를 일으킨 사람은 바로 회장님이십니다. 저는 정정된 뉴스를 믿지 않으니까요. 그러니 이쯤에서 이번 영화는 중단하는 것이 어떨까 싶네요. 찍어 봤자 오히려 구설수만 커질 겁니다."

유명우 감독은 어차피 판이 깨진 마당에 더는 오세라의 눈치를 볼 필요가 없었기에 참지 않고 할 말을 해 버렸다.

"이이익! 하필……! 알았어! 어차피 이런 식이면 찍어도 도움이 되지 않을 테니 차라리 영화 엎어!"

오세라는 분통이 터졌다.

외조부 주현문의 도움으로 아역 배우 박아람 납치 건은 무마했지만 이번엔 배우들 문제가 터져 버렸다.

이런 상태에서 무리하게 영화를 고집했다간 얻는 것보다 잃는 것이 많을 것이란 점에 유명우 감독의 말에 더는 반박을 하지 못하고 영화를 접는 것으로 합의를 보게 되었다.

❀

─속보입니다! M미디어에서 제작할 영화에 합류했던 배우 서 모 씨가 오늘 마약 투여 혐의로 검찰에 소환되었다는 소식입니다!

그리고 더욱 놀라운 소식은 같은 영화에 합류한 아역 배우 부친 정 모 씨도 마카오에서 벌인 원정 도박 문제가 이번에 불거지면서 감찰 조사를 받게 되었습니다!

이번 일로 M미디어에서 시도된 두 번째 사업인 영화 제작은 끝까지 마무리하지 못하고 중단될 것으로 예상됩니다!

뉴스로 후속 보도가 방송되었다.

어제 오세라 일에 이어 다시금 터진 후속타에 명성미디어에서는 두 번째 영화 사업을 포기하는 수밖에 없었다.

이런 현상에 대중이 가만있지 않았다.

-M미디어 내 그럴 줄 알았다! 명품 가방을 불태우고도 핸드폰 광고를 말아 먹더니 이번엔 영화 사업까지 폭망했네요!ㅋㅋㅋ

-M미디어 믿고 거르겠다!

-회장부터 배우까지 죄다 썩은 물!

-M미디어 회장 오 씨! 아역 배우 납치 건 돈으로 무마했더니 이번엔 배우들 문제가 터졌구려ㅋㅋㅋ

-아역 배우 납치 소동 실화?

-그건 오 씨가 잘 알고 있겠죠ㅋ

-서 배우가 마약에 손댄 건 용서할 수 없는 일이지만 서 배우가 그렇게 된 건 모두 M미디어 회장 오 씨 탓이라고 본다!

-인정!

-지인에게 들었는데 M미디어 영화 촬영장 분위기 완전 살얼음판이었다고 하더라고요~ 오 씨가 매일 촬영장에 나와서 감 놔라, 배 놔라 간섭하는 바람에 배우들과 스태프들 완전 스트레스가 장난 아니었다고 하더라고요~

-촬영 첫날에 오 씨가 아역 배우 의상을 지적질 하는 바람에 감독과 대판 싸움까지 했다죠?ㅋㅋ

-ㅋㅋㅋ! 오 씨 촬영장을 놀이터로 착각한 모양인데요?

-배우들과 스태프들은 무슨 죄냐!

-미친 사이코!

-오 씨 구속해야 하는 거 아님?

대중의 반응은 하나같이 명성미디어 회장 오세라를 신랄하게 씹어 대는 분위기였다.

❀

한편, 오세라.

"이이익! 빌어먹을!"

안 그래도 유토피아 아역 배우를 납치하고자 해결사를 사주한 일이 들통 나는 바람에 자숙 기간을 갖고 있던 터였는데, 후속타로 배우들 문제가 터지자 미치고 팔딱 뛰는 심정이었다.

인터넷에 그녀를 저격하는 댓글을 명예훼손죄로 법적 조치를 취하려 해도 지금 상황에선 오히려 일을 더욱 키우는 상황이 될 수가 있었기에 참아야만 했다.

게다가 이번 일은 외조부 주현문을 찾아가 도움을 청할 수도 없다는 것에 그녀를 더욱 분통을 터지게 만들었다.

─⋯⋯이번이 마지막이다. 더는 문제를 일으켰다가는 그때는 아무리 네가 외손녀라고 할지라도 더는 도와줄 수 없다.

주현문 총수는 오세라가 유토피아 아역 배우를 납치하고

자 해결사를 사주한 문제를 막아 준 대가로 앞으로 더는 어떤 도움도 주지 않겠다고 못을 박아 버린 것이다.

두 번째 영화 사업.

그것만큼은 반드시 성공시켜 유토피아 대표 석기의 콧대를 납작하게 눌러 주겠다고 다짐했건만 실현 불가능한 일이 되어 버렸다.

"이이익! 으아아악! 분해! 분해! 이번에도 내가 지고 말았어!"

더군다나 명성미디어에서 제작할 영화가 엎어진 것의 영향인지 대중은 스카이제작사에서 만들 〈엄마 찾기〉에 더욱 호의적인 관심을 보였다.

특히 어제 아침 뉴스에 보도되었던 납치 관련 소식에 연루되었던 아역 배우 박아람이 〈엄마 찾기〉의 주인공이라는 사실로 인하여, 비록 저녁에 정정 뉴스가 보도된 상황임에도 박아람을 향한 대중의 응원 메시지가 줄을 이었다.

　－〈엄마 찾기〉 주인공 아람 양! 이번 영화 완전 기대하고 있으니 힘내요!
　－국민조카 아람 양! 넘나 귀여워요!
　－〈엄마 찾기〉 국민의 심금을 울리는 영화가 될 것으로 보인다!
　－천만 관객을 노리고 있다는 말도 있던데여ㅎ
　－아이가 주인공인 영화라 천만 관객까지는 좀 어려울 듯?

-천만 관객 영화 되면 어쩔티비~ㅋ

　-〈엄마 찾기〉 천만 관객 가즈아~!

　-유 감독 영화가 엎어진 것은 유감이나 오 감독 영화만이라도 잘되기를 바랍니다!

　-개봉되면 꼭 보러갈 생각이다!

　-저도요! 〈엄마 찾기〉 파이팅!

　양쪽이 극명하게 비교가 되는 대중의 반응에 오세라는 더욱 열이 뻗쳤다.

　'이렇게 된 이상 정말로 박아람을 납치해서 영화를 망하게 만들어 버려?'

　오세라는 아직도 납치에 미련을 버리지 못했다.

　하지만 국내의 해결사들은 이미 오세라에 대한 소문이 쫙 퍼진 상태였기에 더는 그녀의 사주를 받지 않을 것이란 점이 문제였다.

　'그렇다면 중국의 해결사에게 일을 의뢰하는 것도 좋겠군.'

　중국의 해결사를 고용하려면 다소 번거로운 면은 있지만, 지금은 찬밥 더운밥 가릴 처지가 아니었다.

　'나만 망할 수 없다! 신석기 네놈도 망하게 만들어 주마!'

　오세라는 자신이 저지른 일에 대해선 추호도 반성할 기미가 없었다. 그저 명성미디어의 두 번째 영화 사업이 엎어진 것을 모두 석기의 탓으로만 돌리고 있었다.

결국 악녀 오세라다웠다.

그녀는 우여곡절 끝에 박아람 아역 배우를 납치하고자 중국 해결사와 손을 잡게 되었다.

명성미디어의 영화 사업은 망했지만 스카이제작사의 〈엄마 찾기〉는 촬영이 순탄하게 이루어지고 있다는 소식에 눈이 뒤집힌 탓이다.

게다가 〈엄마 찾기〉의 주인공이 바로 유토피아 소속 아역 배우라는 점에 석기에게 크게 반감을 갖고 있던 그녀로선 무슨 수를 써서라도 상대의 영화를 망하게 만들 작정이었다.

"그 아이 납치에 성공하면 성공 보수로 10억을 주겠다! 그리고 아이가 죽어도 상관없으니 납치한 아이에게 절대 음식을 주지 말 것! 납치 장소는 경기도 외곽의 폐건물을 잡아놓았으니 〈엄마 찾기〉 영화의 제작 중단 선언이 나올 때까지 그곳에서 아이가 도망치지 못하게 가둬 놓도록 할 것! 나중에 상황이 끝나면 증거 은폐를 위해 폐건물을 불태워 버리도록 할 것!"

오세라는 중국의 해결사에게 그녀가 원하는 요구 조건을 밝혔고, 해결사는 그녀의 조건을 받아들였다.

오세라 죄 없는 아이의 목숨을 함부로 빼앗는 일에 죄책감 따위 하나도 갖고 있지 않는 기색이었다.

그렇게 오세라가 몰래 중국 해결사를 한국에 들인 상황이나 그걸 도혁수가 모를 리가 없었다.

도혁수가 정보통으로 부리는 하수인이 중국에도 있었기에 도혁수에게 즉각 오세라가 해결사를 사주한 일에 대한 보고가 들어왔다.

-오세라 회장이 중국의 해결사와 접선하여 박아람 아역 배우를 납치하는 일을 사주했다는 정보입니다! 성공 보수로 10억을 내걸었고, 아이를 납치할 장소로는 경기도 외곽의 폐건물로 정해진 상태입니다! 납치 장소는 문자로 보내 드리겠습니다!

도혁수는 정보통의 보고에 치가 떨렸다.

찰거머리처럼 집착이 강한 오세라의 성격상 쉽게 박아람을 포기하지 않을 것임을 눈치채고는 있었지만 막상 이런 일이 벌어지자 그녀가 악마처럼 느껴졌다.

과거에 주현문 총수가 벌인 짓도 그렇고 역시 피는 속일 수 없는 법인 모양이었다.

그 밥에 그 나물이었다.

사람 목숨을 파리 목숨보다도 우습게 여기는 인간들에게 혐오감이 밀려들었다.

✤

밤이 깊어 갔다.

석기는 잠자리에 들기 전에 오늘 역시 대포 폰으로 도혁수와 통화를 나누게 되었다.

　-신 대표님! 오 회장이 이번엔 중국의 해결사를 사주했다는 정보입니다!

　도혁수는 정보통에게 들은 내용을 석기에게 하나도 빠짐없이 전달했다.

　석기는 아이를 납치하는 장소로 경기도 외곽의 폐건물을 사용할 것이란 말을 듣자 속에서 욕지기가 치밀어 올라왔다.

　어린 시절에 석기도 주현문이 사주한 해결사로 인해 폐건물에 갇힌 경험을 갖고 있다.

　그때 해결사 중 선량한 한명의 도움으로 그나마 목숨을 부지할 수 있었지만, 만일 폐건물을 벗어나지 못했더라면 석기는 건물 안에 갇혀 불타 죽었을 것이다.

　"정보 감사합니다! 박아람 아역 배우에게 문제되는 일은 절대 벌어지지 않을 것이니 안심하세요."

　-제 도움이 필요하면 언제든지 말씀하세요.

　"그러죠."

　석기는 도혁수와의 통화가 끝나자 그의 거머쥔 주먹이 저절로 부르르 떨렸다.

　'주현문 총수도, 오세라도 모두 악마 같은 인간들이다!'

　석기는 격해진 감정으로 인해 심호흡을 여러 번이나 하고 나서야 겨우 감정을 추스를 수가 있었다.

　'차라리 잘되었다. 나도 마음 편하게 오세라를 징벌할 수

있게 되었다.'

석기가 이를 악물었다.

결국 박아람을 납치하는 것에 미련을 버리지 못한 오세라가 중국 해결사를 사주한 것이다.

참고로 한국의 해결사들에게는 유토피아를 건드렸다간 피를 본다는 소문이 암암리에 퍼진 상황이라 누구도 유토피아 소속 박아람을 납치하는 일에 손을 대려 들지 않았을 테지만, 중국 쪽은 아직 유토피아의 무서움을 모르고 있는 상황이니 오세라 사주를 받아들였을 것이다.

'이제부터 알게 해 주면 될 터.'

이번 일로 본보기가 필요했다.

오세라 같은 악녀는 자기가 원하는 일을 이루기 위해서라면 계속해서 해결사를 사주할 것이다.

한국이 막히니 중국으로 눈을 돌린 모양인데, 감히 겁 대가리 없이 유토피아 소속 아역 배우를 노리려 하다니 그에 상응하는 대가를 치르도록 해 줄 작정이다.

'두 번 다시는 해결사를 사주할 생각을 못하도록 단단히 손봐 줄 필요가 있다.'

중국의 해결사는 당연했고, 일을 사주한 오세라를 그녀의 부친 오장환처럼 요양원에 처박혀 똥오줌도 못 가리는 추악한 신세로 만들어 주는 것도 좋았다.

나이든 오장환과는 달리 젊은 오세라였기에 그런 일을 겪는다면 분명 죽는 것이 더 낫다고 생각할 수도 있을 것이다.

모든 것은 자승자박이다.

아이를 납치하는 일을 사주한 여자였다.

납치당한 아이가 죽을 수도 있지만 그런 것에 전혀 아랑곳하지 않는 악마 같은 여자였다.

석기는 오세라를 처리하는 일을 독하게 마음을 먹기로 했다.

어차피 언젠가는 처리할 대상.

회귀 전에 그의 뒤통수를 쳐서 죽음에 이르게 만든 여자였다.

더는 자비를 베풀 필요가 없다.

물론 그 전에 먼저 중국의 해결사를 손봐 주는 일부터 시작하기로 했다.

유토피아와 연관된 일에 손을 댔다가는 지옥을 경험하게된다는 것을 이번에 똑똑히 보여 줄 작정이다.

❊

〈엄마 찾기〉 영화 촬영 세트장.

중국 해결사가 박아람을 노리고 있다는 정보를 입수한 후로 요사이 계속 촬영장에 참석하고 있는 석기의 상태였다.

그동안 일부러 박아람 주변에 경호원들을 대거 늘린 상황이었지만, 오늘은 석기가 계획한 일이 있었기에 촬영장에 참석한 경호원들과 코디들을 먼저 돌려보내기로 했다.

"오늘은 아람 양을 경호할 필요 없으니 먼저 돌아가세요! 촬영이 끝나면 아람 양은 제가 직접 집에 데려다 줄 테니 말이죠."

석기는 오늘을 디데이로 잡았다.

중국의 해결사에게 떡밥을 투척하기 위해서 박아람 주변에 경호원들이 얼쩡거리지 못하도록 만들 필요가 있었다.

경호원들과 코디들은 유토피아 대표 석기의 말을 거역할 수 없었기에 다들 석기의 뜻대로 움직였다.

그렇게 영화 촬영이 끝나자 석기는 박아람 아역 배우를 그의 차에 태웠다.

"와아! 오늘은 대표님이 저를 집에 데려다주시는 거예요?"

"혹시 실망했어요?"

"아뇨! 저는 대표님하고 가는 것이 더 좋아요! 헤헤!"

차 안 뒷좌석에 앉은 박아람은 석기를 세상에서 최고로 멋진 사람이라고 존경하고 있었기에 그와 함께 집에 간다는 사실이 행복했는지 해맑게 웃었다.

-마스터! 승합차가 미행하고 있습니다!

블루의 음성에 석기는 차를 몰고 가면서 백미러를 통해 뒤에서 열심히 따라붙고 있는 검은색 승합차를 확인하곤 회심의 미소를 머금었다.

실은 촬영장 부근에 한참 동안 세워졌던 승합차였다.

　촬영장에 참석한 이들과 전혀 관련이 없는 차가 촬영장 부근에 한참 동안 세워져 있다는 것에 의심을 하지 않을 수가 없었다.

　'역시 짐작대로 해결사 차였군.'

　승합차 안에는 필시 오세라가 사주한 중국의 해결사들이 타고 있을 것이다.

　그들은 지금 석기의 속내를 모를 터였기에 속으로 기회가 왔다고 쾌재를 부르고 있을 터.

　며칠 동안 박아람을 따라다녀 봤지만 철통같은 경호로 인하여 기회가 없었지만, 오늘은 어인 일인지 경호원 없이 석기 혼자서 아이를 집에 데려다주고 있었으니 말이다.

　실은 경호원을 먼저 돌려보낸 것은 석기가 중국 해결사들을 직접 상대하기 위해서 계획한 일이었다.

　블루문을 취한 후로 석기는 육체 능력이 강화되어 이제 총과 칼에도 쉽게 상하지 않았다.

　거기에 정보통 블루까지 있었다.

　세상에 그 어떤 것도 두렵지 않은 석기에게 중국의 해결사 몇 놈 정도는 식은 죽 먹기였다.

　하지만 중국의 해결사들이 더는 한국에 넘어오지 못하게 만들기 위해선 이번 기회에 단단히 맛을 보여 줄 필요가 있었다.

"아람 양! 오늘 영화 촬영하느라 힘들었을 텐데 우리 맛있는 것을 먹고 갈래요?"

"대박! 완전 좋아요! 히히!"

"경치 좋은 곳에 음식점이 있는데 그리로 갈게요. 아람 양 할머니께는 내가 전화해 놓았으니 늦어도 괜찮을 거예요!"

"네! 대표님! 감사합니다!"

오세라가 사주한 중국의 해결사들이 박아람을 납치하고자 눈에 불을 켜고 있는 상황이었지만, 아무것도 모르는 아이는 그저 석기의 말에 진심으로 들뜬 기색이었다.

석기는 박아람에게 거짓말을 하는 것이 살짝 마음에는 걸렸지만 이건 아이를 위한 일이기도 했다.

그리고 박아람 할머니에겐 오늘 일이 있어서 늦게 도착할 테니 먼저 주무시라고 했기에 시간이 걸려도 문제될 것은 없었다.

끼이익!

석기의 차가 멈추었다.

석기가 택한 음식점은 박아람 납치 장소와 아주 가까운 곳이었다. 일부러 이곳을 택한 것이다.

그것도 모르고 뒤따라온 해결사들은 납치 장소와 가까운 곳에 석기 차가 멈춘 것에 아주 잘되었다고 여기고 있을 터.

"어서 오세요!"

차에서 내린 석기는 박아람을 데리고 음식점 안으로 들어섰다.

맛있는 것을 먹자는 말에 잔뜩 기대를 하고 음식점 안으로 따라 들어온 박아람은 생각보다 가게가 너무 조용하다는 것이 이상했던지 고개를 갸우뚱거렸다.

아이는 석기가 일부러 오늘 이곳을 통째로 전세를 낸 것을 알 리 없었다. 참고로 본래는 맛 집으로 소문난 곳으로 예약 손님만을 받는 곳이다.

그래서인지 석기는 박아람을 향해 싱긋 웃으며 말했다.

"보기엔 이래도 맛집으로 소문난 곳이죠. 아람 양은 백숙 좋아해요?"

"네! 완전 좋아해요! 헤헤!"

할머니 손에서 어렵게 자란 탓인지 박아람은 먹을 것을 전혀 가리지 않고 무엇이든지 잘 먹었다.

게다가 존경하는 석기가 사주는 음식이란 것에 박아람은 신나서 고개를 끄덕였다.

그렇게 석기와 박아람이 식탁에 자리를 잡고 나서 백숙을 주문하고 나서였다.

―마스터를 미행했던 차량이 음식점에 도착했습니다.

블루의 보고로 석기를 미행하던 중국의 해결사들이 이곳에 도착했음을 알 수 있었다.

드르륵!

사내 두 명이 가게로 들어왔다.

본래는 예약 손님만을 받는 곳이나 오늘 석기가 사전에 주인에게 말해 둔 것이 있었다.

석기가 음식점에 있을 때 찾아오는 손님은 무조건 받아 주라고 했던 것이다.

"뭘 드릴까요?"

그걸 주인은 잊지 않고 사내들이 자리한 탁자에 물통을 내려놓고는 주문을 요구했다.

"백숙 대자로 주세요."

둘 중 한국말이 능숙한 사내가 차림표를 둘러보다가 백숙을 달라고 했다.

사내들은 박아람의 납치가 목적이지만 석기에게 의심을 사지 않고자 손님처럼 보이고자 애쓰는 티가 역력했다.

쪼르륵!

긴장해서 그런지 사내들이 컵에 물을 따라 벌컥벌컥 들이켰다.

그걸 바라본 석기의 입꼬리가 위로 올라갔다.

-한 시간 후에 발동!

석기의 의지 발현이 시도되었다.

물만 있다면 손을 대지 않고도 그가 원하는 것이 이루어진다.

해결사들이 마신 물로 인해 이제 1시간 후 저들은 지옥을 맛볼 것이다.

물론 그 전에 석기가 할 일이 있다.

"아람 양! 화장실을 다녀올 테니 혼자 있을 수 있죠?"

"그럼 전 밖에서 꽃구경하고 있어도 돼요?"

"그래요. 백숙 나오려면 시간이 좀 걸릴 거예요."

"헤헤!"

석기는 일부러 박아람 혼자서 있도록 방치했다.

음식점 정원에 장미가 한창이다. 밖으로 나가는 박아람을 웃으며 바라보던 석기는 화장실로 향했다.

기회를 노리고 있던 해결사들이 침을 꿀꺽 삼켰다.

놈들에게 떡밥을 투척한 셈이다.

석기가 보이지 않자, 해결사들은 함정인 줄도 모른 채 얼른 자리에서 일어나 정원에 나가 있는 박아람에게로 움직였다.

"와아! 장미 엄청 예쁘다!"

박아람은 장미들이 색색별로 심겨 있는 아름다운 정원을 이리저리 돌아다니며 감탄을 흘렸다.

맛집으로 알려진 데다가 이렇게 멋진 정원까지 갖춘 곳에 손님들이 별로 없다는 것이 뭔가 이상하긴 했다.

하지만 요사이 영화를 찍게 되면서 사람들에 둘러싸인 생활을 하다 보니 조용한 이곳의 분위기가 왠지 편안하게 느껴졌다.

'저 아저씨들도 나왔네?'

가게 안에 있던 남자 손님들도 정원으로 나왔다.

생긴 모습이 둘 다 아이에게 좋은 인상을 주지 못했다.

그런데 남자들은 장미에는 관심이 없는 듯, 한 명은 가게 입구를 힐끔거리며 살피고 있었고, 나머지 한 명은 박아람이 서있는 방향으로 성큼성큼 다가오고 있었다.

"꼬마야, 너 이름 박아람 맞지?"

좀 전에 음식점에서 백숙을 주문할 때도 얼핏 느끼긴 했지만 한국말이 부자연스러운 구석이 있었는데 이번에도 마찬가지였다.

하지만 박아람은 남자의 말투가 어눌하긴 했지만, 그래도 상대가 묻는 질문에 모른 척하는 것은 예의가 아니라 생각했기에.

"네! 제가 박아람 맞아요! 근데 아저씨는 어떻게 제 이름을 알고 있어요?"

박아람의 질문에 남자 손님의 표정이 살짝 굳어진 듯싶더니, 품안에서 손수건을 꺼냈다.

"그건 알 필요 없고. 꼬마 넌 우리와 함께 가 줘야겠다."

박아람에게 바짝 접근한 남자의 손에 들린 손수건이 아이의 얼굴로 향하려던 순간.

"어?"

손수건이 박아람의 얼굴에 닿지도 않았건만 아이가 정신 줄을 놓고 풀썩 바닥에 쓰러지고 말았다.

'뭐지?'

해결사는 손도 대지 않은 아이가 쓰러진 상황에 고갤 갸웃했지만 그런 현상은 해결사에게도 이어졌다.

단지 차이가 있다면 해결사의 정신은 온전한 상태라는 점.

그저 다리에 힘이 풀려 바닥에 털썩 주저앉고 말았는데, 이상하게 머리에 안개라도 낀 듯이 멍하고 손가락하나 까닥할 힘도 없었다.

'갑자기 왜 저래?'

그러자 가게 입구를 지키고 있던 나머지 해결사는 아이를 납치하려다 갑작스레 바닥에 주저앉은 일행의 모습에 당황하여 주위로 다가왔는데, 그 역시 일행과 비슷한 일을 겪게 되었다.

'허어!'

의문을 느꼈지만 이해 불가.

나머지 해결사까지 바닥에 주저앉아 꼼짝 못하게 되자, 그제야 석기가 정원으로 나왔다.

그런 석기를 발견한 해결사들이 크게 당황하여 눈이 동그래졌지만 기이하게 입을 열 수가 없었다.

"네놈들은 아이를 옮기고 나서 상대해 주마."

아무리 생각해 봐도 박아람이 해결사들에게 납치 장소에

끌려가는 것은 인간적인 차원에서 좋지 못했다.

그도 어린 시절 납치를 당해 본 경험이 있기에 말이다.

그래서 박아람은 음식점에 있게 하고 석기 혼자서 해결사들을 상대하기로 결심했다.

석기는 박아람을 음식점 휴게실 소파에 내려놓았다.

그가 해결사를 처리하고 돌아올 때까지 아이는 편안하게 이곳에서 잠에 빠져 있도록 조치했다.

"아주머니! 백숙은 다녀와서 먹을 테니 천천히 준비하셔도 됩니다!"

"네, 네! 알겠습니다! 천천히 볼일 보시고 오세요!"

음식점 주인장은 해결사들이 박아람을 납치하고자 이곳에 온 사실까지는 알지 못했지만, 사전에 석기에게 들은 말이 있었기에 남자들이 석기와 가게에서 사라진 것에 별반 이상하게 생각하지 않고 수긍하는 태도였다.

부르릉!

석기가 다시 정원으로 나오자 동시에 바닥에 주저앉았던 해결사들이 벌떡 일어나 승합차에 올라탔다.

블루문을 취한 석기는 물이 없는 곳에서도 능력 발현이 가능했기에 해결사들에게 환각을 발현시켰다.

그랬기에 아이를 납치했다고 생각한 해결사들이 납치 장소로 움직이게 되었다.

부르릉!

석기도 차를 몰고 해결사들이 향하는 곳으로 움직였다.

백숙이 푹 익기까지는 시간이 걸릴 테니 해결사들을 처리하고 돌아와도 문제가 없을 터.

잠시 후면 중국의 해결사들에게 지옥을 맛보여 줄 작정이다.

감히 아이를 납치한 악독한 해결사들을 절대 용서할 마음이 없었다.

끼이익!

해결사들이 몰고 온 승합차가 폐건물 뒤쪽으로 향했다. 정문은 도로에서 보이기에 뒤쪽에 차를 세울 모양이다.

끼이익!

석기는 폐건물을 조금 지나 갓길에 차를 주차했다.

승합차에서 내린 해결사들이 건물 안에 들어갈 때까지 잠시 갓길에서 기다렸다가, 어느 정도 시간이 지나자 그도 폐건물로 움직였다.

야트막한 야산 앞에 위치한 폐건물. 납치 장소로는 최적의 장소이긴 했다.

동네에서도 멀리 떨어진 탓에 이곳에서 무슨 일이 벌어져도 모를 것이다.

'젠장! 장소 하나는 잘 섭외했군.'

폐건물에 이른 석기는 정문은 잠긴 상태였기에 후문으로 움직였다.

역시 후문 옆에 해결사들이 타고 온 승합차가 세워져 있었다.

그때 지하실 쪽창으로 보이는 곳에서 희미한 불빛이 흘러나왔다.

'지하로 가면 되겠군.'

석기는 해결사들이 이용했던 후문은 열려 있는 상태였기에 그곳을 통해 건물에 잠입했다.

지하로 향하는 캄캄한 계단을 조심스레 끝까지 내려가자 철문이 보였다. 철문은 밖에서 잠그는 형식이었기에, 그가 살짝 철문을 밀고 안으로 들어섰다.

"......!"

희미한 전등 아래 지하실 정경이 드러났다.

중국의 해결사 두 명이 두런두런 중국말로 대화를 나누며 웃고 있는 모습이 보였다.

환각으로 인해 지금 바닥에 아이가 없음에도 저들은 아이를 이곳에 납치했다고 여기고 있을 터.

그때 해결사 중에서 리더 격인 남자가 누군가와 전화 통화를 했다. 통화 상대는 뻔했다.

아이의 납치를 사주한 오세라.

그녀와 통화가 끝나자 해결사가 일행을 향해 이제 성공보수로 10억을 받게 되었다면서 낄낄거렸다.

그런 해결사들은 보고 있자니 석기는 가슴속에서 뜨거운

기운이 솟구쳐 올라왔다.

"이이익!"

석기의 주먹이 부르르 떨렸다.

과거 어린 시절에 이와 흡사한 폐건물에 갇혔던 기억이 떠오른 탓이다.

그때 폐건물을 벗어나지 못했더라면 그는 불에 타서 죽었을 것이다.

박창수의 아버지 때문이다.

과거에 정보부 요원으로 활동했던 박창수의 부친은 신분을 속이고 주현문 총수의 사주로 석기를 납치하고자 해결사 일을 맡았다.

그에겐 석기와 같은 또래인 아들이 하나 있었기에 도저히 석기를 죽일 수가 없었다.

해서 함께 사주를 받았던 해결사에게 혼자서 석기를 처리하겠노라고 하고는 석기를 폐건물에서 빼돌려 보육원 앞에 버렸다.

그러고는 폐건물을 불에 태워 석기가 그곳에서 죽은 것으로 처리했다.

하지만 그렇게 석기를 도왔던 그는 얼마 못가서 사건을 은폐하려는 정부의 수작에 그만 교통사고로 위장하여 목숨을 잃게 된다.

회귀 전의 인생에선 박창수의 부친에 얽힌 사연을 까맣게 몰랐지만, 한번 죽음을 경험했다가 다시 살아난 석기는 블루문을 취한 후로 과거에 벌어졌던 일들을 모두 알게 되었다.

박창수를 사업에 끌어들여 그에게 이사 직급을 주고 유토피아 지분까지 나눠 준 것도 과거에 박창수 부친이 베푼 은혜 때문이었다.

유토피아가 대기업으로 성장하게 된다면 잘나가는 계열사를 박창수에게 기꺼이 넘길 생각도 갖고 있었다.

생각은 여기까지.

지금은 중국의 해결사들을 상대하는 일에 집중할 때였다.

"그만 아가리들 닥치지 그래!"

그러자 낄낄거리며 성공 보수를 언급하며 크게 즐거워하고 있던 해결사들이 갑작스러운 석기의 등장에 그제야 당황한 기색으로 석기를 쳐다봤다.

감쪽같이 그를 따돌렸다고 생각했기에 말이다.

"헉! 저, 저놈이 어떻게 여길?"

"놈은 혼자다! 죽여 버려!"

해결사들이 품에 소지한 비수를 꺼내 들고는 천천히 석기를 향해 다가왔지만, 살기로 가득한 해결사의 분위기에도 석기의 표정은 전혀 위축된 기색이 없었다.

"에잇! 죽어랏!"

해결사들이 보기엔 그런 석기의 태도가 뭔가 이상하긴 했지만 자신들은 둘이고, 상대는 하나라는 것에 코웃음을 쳤다.

게다가 해결사들의 손에는 무기가 들려 있지만 석기는 빈손이란 점이었다.

해결사들로선 석기를 죽여 그의 입을 막을 작정이었다. 석기가 납치한 아이와 연관이 있는 유토피아 대표라는 것을 알고 있기에 살려 둬선 곤란했기에 말이다.

"이제 지옥 발동 시작이군!"

비수를 꼬나들고 바짝 다가오는 해결사들을 향해 조소를 머금은 석기의 입에서 이해 못할 말이 흘러나옴과 동시였다.

"허억!"

"으헉!"

해결사들이 석기를 찌르려던 동작 대신에 갑자기 바닥으로 털썩 주저앉고 말았다.

그러더니 이상한 일이 벌어졌다.

점점 온몸이 불구덩이에 던져지기라도 한 듯이 엄청난 화기가 느껴지고 있었다.

너무도 지독한 고통에 차라리 죽는 것이 좋겠다는 생각까지 들었지만, 이상하게도 의식은 또렷했다.

거기에 해결사들의 입을 본드라도 붙여 놓은 듯이 비명조차 제대로 질러댈 수가 없다는 것이다.

"잘 들어라! 감히 유토피아 아역 배우를 납치하려던 대가다! 이번에는 목숨만은 살려둘 것이나, 또 한국에 건너와 해

결사 일을 한다면 그때는 평생토록 지옥의 고통을 감당해야
만 할 거다!"

하루 온종일 해결사들은 지옥의 고통에 몸부림치게 될 테
지만 죽지는 않도록 조치했다.

지금 저들은 죽는 것보다 더한 고통을 느끼고 있을 테니
두 번 다시는 한국에 건너올 엄두를 내지 못할 것이다.

그렇게 해결사들을 처리한 석기는 폐건물을 벗어났다.

✲

음식점에 도착한 석기.

휴게실 소파에 누워서 아무 것도 모른 채 깊이 잠에 빠져
있는 박아람을 웃으며 바라보던 석기.

박아람을 깨우기 전에 혹시 몰라서 손바닥을 아이 이마에
올려놓고 의지 발현을 시도했다.

정원에서 해결사들과 마주쳤던 기억을 모두 삭제시켜 버
렸다.

안 좋은 기억을 갖고 있을 필요가 없었기에.

"으응?"

박아람이 깨어났다.

정원에 나가 장미를 본 것까지는 기억에 나는 모양이다.

석기가 둘러대듯이 나왔다.

"아람 양! 촬영을 하느라 많이 피곤했던 모양이네요. 정원에서 꽃을 보다가 조는 것 같기에 여기에서 잠시 쉬도록 했어요."

"아! 그렇구나! 감사합니다!"

"그럼 백숙 먹으러 갈까요?"

"네! 대표님! 헤헤!"

석기와 박아람이 탁자로 나왔다.

석기의 배려로 기억 삭제만이 아니라 성수 마사지를 받은 탓에 박아람은 잠시 자고 일어났더니 몸이 너무 쾌적했다.

"맛있게 드세요!"

때를 맞춰 주인장이 백숙을 내왔다.

푹 익은 백숙이 탁자에 먹음직스럽게 차려지게 된 것에 아이가 해맑게 웃었다.

쭈우욱!

석기는 큼지막한 닭다리를 하나 찢어서 박아람 접시에 내려주고는 상큼하게 웃어주었다.

"맛집으로 소문난 곳이니 아주 맛있을 거예요."

"잘 먹겠습니다! 헤헤!"

박아람은 실내에 남자 손님들이 없는 것에 별반 이상함을 느끼지 못하고 열심히 백숙을 먹는 것에 심취했다.

오물오물 닭고기를 씹어 먹은 아이의 모습이 참으로 귀여웠다.

석기는 안도의 한숨을 내쉬었다.

박아람이 납치에 대한 트라우마를 겪지 않아도 되었기에 말이다.

⊗

한편, 오세라.

중국의 해결사에게 박아람을 납치하도록 사주했고, 아까 아이를 무사히 폐건물에 납치하는 데에 성공했다는 연락까지 받았다.

하지만 그다음이 궁금해서 해결사에게 연락해 봤는데 도통 전화를 받지 않고 있었다.

박아람 납치에 성공했으니 성공 보수를 받고자 기를 쓸 텐데, 해결사들과 연락이 되지 않는다는 점은 뭔가 이상했다.

이건 두 가지 경우였다.

핸드폰 배터리가 떨어졌을 경우거나, 아니면 일이 틀어져서 전화를 받지 못할 경우.

해결사가 하나도 아닌 두 놈이다.

둘이 동시에 배터리가 떨어질 일은 결코 없을 것이니 아무래도 일에 문제가 생긴 것이 분명했다.

실내에서 안절부절 서성이던 오세라는 도저히 궁금해서 참을 수가 없었기에 방에서 나와 차를 몰고 납치 장소로 움직였다.

❄

끼이익!

오세라가 몰고 온 고급 외제차가 박아람 아역 배우 납치장소로 정한 폐건물에 도착했다.

아이의 납치를 사주한 일은 비밀로 해야만 했기에 혼자서 이곳에 도착한 그녀는 정문에 자물쇠가 걸려 있는 것을 발견하자 후문으로 움직였고, 그곳을 통해 지하실로 들어설 수 있었다.

'아이는?'

납치해 온 아이가 보이지 않았다.

그녀가 사주했던 중국의 해결사만이 있을 뿐이었는데, 그것도 아주 해괴한 분위기였다.

무슨 이유인지 해결사들이 바닥을 데굴데굴 굴러다니며 난장판을 벌이고 있는 상황이었다.

"당신들 지금 대체 뭐야!"

오세라가 버럭 고함을 질렀다.

아이를 납치했다는 해결사의 전화를 받고 나서 지금까지 연락 두절 상태였다.

그랬는데 이곳에 와 보니 이런 어처구니없는 상태였다.

게다가 오세라 등장에도 해결사들이 아랑곳하지 않고 계속 바닥을 굴러다니는 동작을 멈추지 않고 있다는 것이다.

"이것들이 실성을 했나?"

화가 머리 끝까지 치솟은 오세라가 해결사 멱살을 거칠게 움켜쥐었다.

"그 아이는 대체 어디 있어! 아이를 납치했다면서 왜 이곳에 아이가 없는 거야!"

해결사의 태도가 뭔가 이상했다.

그녀의 말에 답이 없다.

눈에 초점도 없다.

입에는 침이 줄줄 흘러나오고 있는 상태로 온몸을 벌벌 떨어 댔다.

석기가 이들에게 행한 저주를 전혀 알 리 없는 그녀로선 해결사의 반응이 이해 불가였다.

"허어! 이놈이 미쳤나?"

그녀는 멱살을 거머쥐었던 해결사를 팽개치고 이번엔 다른 해결사에게 다가갔다.

그 역시 마찬가지였다.

확실히 정상이 아니었다.

"빌어먹을! 이놈도 똑같이 미쳤군!"

한국말이 어눌하긴 해도 의사소통이 가능한 중국의 해결사들이다.

그런데 지금은 대화가 전혀 불가능한 상태였다.

마치 누군가 이들의 입을 강제로 붙여 놓기라도 한 듯이 보였다.

게다가 해결사들의 표정을 보아선 죽을 정도로 고통에 겨워하는 모습처럼 보였다.

그럼에도 기절은 안 하고 있다는 것이 용했다.

'대체 이곳에서 무슨 일이 벌어졌기에 두 놈이 쥐약이라도 처먹은 것처럼 변한 걸까?'

그때 지하실을 둘러보던 오세라 눈에 바닥에 떨어진 해결사들의 대포 폰이 보였다.

대포 폰을 주워서 살펴봤지만 배터리가 나간 것은 아니다.

그렇다는 것은 해결사들이 박아람을 이곳에 납치한 후에 뭔가의 일이 벌어졌다는 의미일 수도 있다.

'설마 신석기 그놈이?'

오세라의 머릿속에 떠오른 인물.

이곳으로 납치해 놓은 박아람이 없으니, 가장 의심 가는 인물로 유토피아 대표 석기가 떠오르긴 했다.

그동안 이상할 정도로 유토피아와 연관만 되었다 하면 모두 물을 먹곤 했다.

심지어 오세라의 부친 오장환은 이제는 똥오줌도 못 가리는 신세로 전락해서 요양원에 갇혀 있는 상태였다.

'혹시 그놈이 무슨 능력자라도 되는 걸까?'

하긴 그동안 세간에 출시된 유토피아 제품들은 과학적으로 설명할 수 없는 부분들이 많았다.

마치 마법처럼 화장품 제품들은 흉한 얼굴을 하루아침에 말끔한 피부로 만들어 주었고, 유토피아 생수는 물을 마시는 것만으로 위와 장에 문제가 있는 사람들의 상처를 깨끗하게 치료해 주었다.

심지어 음식을 먹을 때 생수를 함께하면 살도 찌지 않게 해 주었다.

오죽하면 오세라는 적대 관계인 유토피아에서 생산한 생수임을 알고도 다이어트하지 않고도 살을 뺄 수 있다는 점에 갤로리아 백화점에서 다량으로 생수를 구입했다.

사업적인 목적에서 상대를 알기 위한 일환에서 유토피아 생수를 사들인 것이라고 애써 정신 승리를 하고 있지만.

'그렇다면 저놈들을 저리 만든 것도…….'

오세라는 바닥을 데굴데굴 죽는다는 듯이 굴러다니고 있는 해결사들을 대하자 기분이 불길해졌다.

한국의 해결사들이 하나같이 유토피아 관련한 일을 받지 않으려고 몸을 빼는 상황에서 할 수없이 억지로 중국의 해결사를 이번 일에 끌어들인 것이다.

그랬는데 해결사들이 저런 꼴이었다.

명성미디어에서 제작하기로 했던 영화가 망한 것이 분해서 상대편 영화도 망하게 만들고자 했지만, 돌아가는 분위기로 봐선 이번 일도 실패였다.

만일 유토피아 대표 석기에게 이번 일이 알려져 아이를 이곳에서 빼간 경우.

해결사들이 저리되었으니 다음 차례로 그녀에 대한 보복이 가해질 수가 있다는 점이었다.

'빌어먹을!'

오세라가 이를 살벌하게 갈아 댔다.

사주한 일은 실패했고, 돈은 돈대로 나갔다.

거기에 석기의 보복까지 생각하자 골머리가 아팠다.

'최대한 오리발을 내미는 수밖에.'

오세라는 얼른 지하실에서 나왔다.

해결사가 뭐라고 실토를 했는지 몰라도 오리발을 내밀 생각이다.

그랬기에 괜히 이곳에 오래 있다가 나중에 괜히 문제가 될 소지가 있었다.

다행히 그녀는 장갑을 끼고 지하까지 내려온 상태였기에 건물 안에 지문을 남길 일은 없었다.

'저놈들 대포 폰도 처리하는 것이 좋겠다.'

해결사들의 대포 폰을 주머니에 넣었다.

대포 폰이긴 해도 그녀와 통화한 내역이 남아 있으니 가져가서 박살을 내 버릴 생각이다.

다행히 해결사들에게 지불한 돈은 이번엔 국내의 은행이

아니라 스위스 은행에 있던 비자금으로 사용했기에 계좌 추적을 해도 걸릴 일은 없었다.

부르릉!

건물 밖으로 나온 오세라.

폐건물 후문에 주차되어 있던 차로 올라탄 그녀가 차를 움직였다.

찰각찰각!

그런데 오세라가 폐건물에 도착한 순간부터 떠나는 장면까지, 누군가 주변에 숨어서 카메라로 찍고 있는 인물이 있었는데.

바로 도혁수가 부리는 하수인이었다.

하수인은 오세라의 차가 떠나자 그도 야산에 숨겨 놓은 차를 타고 그곳을 벗어났다.

해결사들이 폐건물 지하에서 지옥의 고통을 겪고 있는 것을 알고 있었지만 상관하지 말하는 지시를 받았기에 그걸 따랐다.

❋

밤이 깊어 갔다.

석기는 도혁수와 통화를 나눴다.

해결사들이 있는 폐건물에 오세라가 찾아올 것이라 여긴

석기는 도혁수에게 사람을 시켜 그녀의 사진을 찍도록 했다.

도혁수는 오세라가 폐건물을 찾아왔다가 떠난 상황에 즉각 그것에 관해 보고했다.

－역시 신 대표님 말씀대로 오 회장이 폐건물을 찾아왔던 모양입니다.

"혹시 몰라서 사진을 찍도록 한 것인데 역시 그랬군요. 아무튼 오 회장은 아람 양 납치 건이 실패했으니 이제 기댈 것은 주현문 총수 밖에 없을 겁니다. 그런 의미에서 이번 기회에 확실하게 둘의 연을 끊어지게 만들 생각입니다."

석기는 오세라에 대한 단죄를 가하는 것만으로는 부족하다고 여겼기에, 이번 기회에 그녀와 주현문 총수와의 사이를 확실하게 갈라서게 만들 작정이었다.

도혁수도 석기의 제안에 흥미를 보였다.

－어떤 식으로 두 사람의 사이를 갈라지게 만들 겁니까?

"주현문 총수에게 성수가 있다는 것이 오 회장의 귀에 들어가도록 해 주세요. 물론 성수에 대한 정확한 정보를 밝혀서는 곤란할 테니 힌트가 되도록 돌려서 말이죠."

－만일 그걸 알게 되면 오 회장 성격에 절대 가만있지 않을 겁니다.

"그렇겠죠. 지금 상황이 상황이니만큼 지푸라기라도 잡고 싶을 테니 악착같이 물고 늘어질 거라 봅니다."

－어차피 주현문 총수는 성수를 절대 포기하지 않을 겁니다.

설령 오 회장이 아무리 아끼는 외손녀라고 할지라도 총수의 손에 들어온 성수를 탐을 낸다면 그녀를 적으로 돌릴 수도 있을 겁니다.

"그게 바로 제가 원하는 거죠. 둘 사이를 완벽하게 갈라서게 만드는 것 말이죠. 저는 오 회장에게 믿는 도끼에 발등이 찍히는 기분을 맛보게 해 줄 생각입니다."

-그럼 오늘을 넘길 필요 없이 지금 오 회장의 귀에 필요한 정보가 들어갈 수 있도록 조치를 취해 놓겠습니다.

"오 회장이 집에 도착한 시간이 적당하겠네요."

-나중에 다시 보고드리겠습니다.

⊛

집으로 돌아온 오세라.

화가 나서 미칠 것만 같았다.

중국의 해결사를 사주하여 유토피아 소속 아역 배우인 박아람을 납치하여 영화를 망하게 만들고자 했지만 실패한 것이다.

그렇다면 이제 믿을 구석은 외조부 주현문 총수뿐이었다.

하지만 명성미디어에서 두 번째로 시도한 영화 사업이 망한 것에 총수도 예전처럼 그녀에게 관심을 보이지 않을 것이란 점이 마음에 걸렸다.

'아빠도 요양원에 있는 상태에서 이렇게 나까지 허무하게 회장 자리에서 물러날 수 없어! 외할아버지가 나를 계속 지원해줄 수 있는 방법을 찾아내야만 해!'

주현문 총수는 한번 뱉은 말이 있기에 이번에는 쉽게 오세라를 도와주지 않을 것이라 생각하자 뭔가 총수를 솔깃하게 만들 대책이 필요했다.

바로 그때였다.

수행 비서의 전화였다.

안 그래도 박아람을 납치하는 장소로 정한 경기도 외곽까지 직접 차를 몰고 갔다 온 터라 피곤하기도 했다.

게다가 일이 원하는 대로 흘러가지 않고 돈만 쓴 것에 잔뜩 짜증이 난 상태였다.

"무슨 일인데 그래?"

오세라의 신경질적인 반응에도 수행 비서의 음성은 이런 일이 한두 번 겪어 본 것이 아닌지라 침착해 보였다.

-회장님께 보고드릴 특별한 정보를 입수했습니다.

"무슨 정보인데?"

-회장님의 외조부이신 주현문 총수에 관한 정보입니다.

"외할아버지에 관한 정보? 뭔데? 아, 아냐, 왠지 중요한 정보 같은데 전화상으로 전하는 것보다 직접 들어보는 것이 좋겠어. 지금 당장 이곳으로 올 수 있겠어?"

-알겠습니다. 30분 후면 도착할 겁니다.

오세라의 눈빛이 반짝였다.

사실 전에 그녀가 평창동을 방문했을 때 외조부에게서 수상한 느낌을 받았기에 수행 비서에게 은밀히 조사해 보라고 지시를 내린 상황이었다.

"늦은 시간 죄송합니다!"

수행 비서가 한남동 오세라 집에 도착했다.

그녀는 수행 비서를 이끌고 서재로 향했다.

대화를 나누는데 누구의 방해도 받지 않을 생각에 아예 서재 문을 걸어 잠근 오세라는 맞은편에 자리한 수행 비서를 재촉하듯이 물었다.

"대체 어떤 정보를 입수했기에 그러지? 나 지금 엄청 피곤한데 시시한 정보로 호들갑을 떨어 댄 것이라면 대가를 치러야만 할 거야."

"네에."

수행 비서가 오세라 눈치를 보듯이 한번 그녀 얼굴을 쳐다보다간 조심스레 입을 열기 시작했다.

"실은 요사이 회장님께서 지시한 것도 있고 해서 아까 명성 정보팀에 뭔가 얻을 만한 정보가 없을까 싶어서 본사를 방문했습니다. 그런데 마침 비상계단 쪽에서 도 실장이 누군가와 은밀히 전화를 거는 장면을 목격했는데, 놀랍게도 통화상대가 바로 총수님이더군요."

"그래서, 통화 내용이 대체 뭐야?"

"총수님께서 요즘 도 실장에게 뭔가 특별한 지시를 내리신 것으로 알고 있었는데, 그게 당최 뭔지 감이 오지 않았습니다. 근데 통화 내용에 얼핏 불로초에 관한 것을 언급하는 것을 들었습니다."

"불로초?"

"어쩌면 총수님께선 도 실장을 통해 이미 불로초에 대한 것을 손에 넣으신 것이 아닐까 추측됩니다."

"흐음, 그러니까 외할아버지가 불로초인지 뭔지 그걸 손에 넣자 그것으로 천년만년 오래 사실 계획으로 도 실장에 뭔가 지시한 것이 있다 이거로군."

"제가 생각해도 그런 것이 아닐까 싶습니다. 물론 세상에 불로초라는 것이 정말 존재할지는 의문이지만요."

"알았어. 지금 나한테 한 얘기는 누구에게도 알려선 절대 안 돼!"

"물론입니다. 무덤까지 비밀을 지킬 것입니다!"

수행 비서는 사실 도혁수가 오세라에게 붙여 준 비서였지만, 그걸 알 리 없는 그녀는 수행 비서의 말을 전혀 의심 없이 받아들였다.

잠시 후.

오세라 집에서 나온 수행 비서는 곧장 도혁수에게 보고를 했다.

"오 회장에게 말씀하신 정보를 그대로 전달했습니다!"

❊

부르릉!

오세라는 수행 비서가 떠나기가 무섭게 허둥지둥 차고로 내려와 운전석에 앉아 차의 시동을 걸었다.

행선지는 바로 평창동.

외조부 주현문 총수의 집이다.

수행 비서에게 '불로초'에 대한 정보를 듣고 나자 그녀는 도저히 집에 있을 수가 없어 이렇게 미친 사람처럼 차를 몰게 되었다.

지푸라기라도 좋았다.

잡을 수 있는 것이 있다면 무조건 잡을 생각이다.

명성미디어에서 두 번째로 추진한 영화 사업도 거하게 말아먹고, 심지어 복수를 하고자 중국의 해결사까지 사주했지만 원하는 결과를 얻지 못하자 이제 오세라의 눈에 보이는 것이 없어졌다.

어차피 외조부 주현문은 오세라가 사업가로서의 자질이 부족하다고 판단할 테니 더는 오세라를 지원해 주지 않을 터.

그렇다면 그녀로선 외조부의 지원을 계속 받아 낼 수 있는 방법은 이제 한 가지뿐이었다.

협박이라고 해도 좋았다.

외조부 주현문의 약점을 물고 늘어져 그녀가 원하는 것을 반드시 손에 넣을 작정이다.

그런 점에서 수행 비서가 밝힌 불로초에 대한 정보를 듣는 순간, '바로 이거다'라는 감이 왔다.

"흥! 불로초라고? 그 영감탱이가 혼자서만 잘 먹고 잘살겠다 이거지?"

오세라는 주현문이 없는 자리라는 것에 외조부를 영감탱이라고 비하하는 발언을 서슴지 않았다.

그동안 얻을 것이 있었기에 주현문 총수에게 고분고분 굴어댄 것이지, 본래 그녀는 위아래도 없는 안하무인격이긴 했다.

끼이익!

평창동 대저택.

그곳에 도착한 오세라는 차고가 아닌 그냥 대문 앞에 떡하니 차를 세워 놓고는 차에서 내렸다.

딩동!

대문에 설치된 인터폰을 눌렀다.

야심한 시간에 이곳을 찾아온 그녀였지만 전혀 미안한 구석을 찾아볼 수 없는 그녀의 기색이긴 했다.

외조부 주현문이 그녀를 팽하려 한다는 낌새를 눈치챘기에, 오히려 그녀는 표독스러운 표정으로 인터폰을 향해 말했다.

"나야! 당장 문을 열어!"

오세라의 명령에 대문이 열렸다.

그녀는 열린 문 안으로 들어서자 성큼성큼 정원을 가로질러 외조부가 거주하고 있던 본관 건물로 발을 놀렸다.

"이 시간에 어인 일로……."

오세라가 현관으로 들어서자 저택에 상주하고 있던 집사가 야심한 시각에 이곳을 찾아온 그녀를 당황한 눈으로 쳐다봤다.

"외할아버지는?"

"잠자리에 막 드시려다가 아가씨가 오셨다는 보고에 다시 일어나셨습니다."

그렇게 오세라가 현관에서 집사와 잠시 얘기를 나누던 사이 잠옷 위에 가운을 걸친 주현문이 거실로 나왔다.

사전에 연락도 없이, 그것도 야심한 시각에 불쑥 이곳을 찾아온 오세라의 방문이 몹시 못마땅한 듯 주현문의 이맛살이 잔뜩 찌푸려진 상태였다.

"네가 이곳엔 어인 일이냐! 정 할 말이 있으면 날이 밝을 때 찾아오지 않고. 쯧쯧!"

주현문은 혀를 차면서 현관에 서있는 오세라를 쳐다봤다.

하지만 그런 외조부의 태도에도 그녀는 오히려 능청스럽게 방긋 웃는 얼굴로 나왔다.

"외할아버지! 저 아주 중요한 할 말이 있어서 찾아왔으니 너무 미워하지 마세요."

"중요한 할 말이 대체 뭔데 밤에 이 소란을 피우고 그래?"

"그러게요. 하지만 외할아버지에게 아주 중요한 일이라서 제가 가만있을 수가 없더라고요. 근데 여기서 꺼낼 얘기는 아닌 듯싶으니 서재로…… 아니다! 그냥 외할아버지 방으로 가서 얘기를 드리는 것이 좋겠네요."

"뭐라?"

주현문은 오세라의 속을 도통 알 길이 없었지만, 그녀의 반들거리는 눈빛으로 보아 뭔가 중요한 할 말이 있기는 있나 보다고 여겼다.

그렇게 생각해서인지 주현문은 집사에게 다과는 준비할 필요가 없으니 그냥 들어가서 쉬라고 하고, 오세라를 그녀가 원하는 대로 서재가 아니라 안방으로 데리고 들어가게 되었다.

"자! 이제 말해 봐라. 대체 무슨 말을 하려고 이 노인네 잠을 방해하고자 여기를 찾아온 것이냐?"

안방에 구비된 테이블에 자리한 조손. 주현문은 맞은편에 앉은 오세라를 그리 탐탁지 않아하는 기색으로 쳐다봤다.

"돌려 말하지 않을게요. 외할아버지께서 불로초와 비슷한 것을 손에 넣었다고 들었어요."

"뭐, 뭐라고? 불로초?"

"그것의 정확한 정체는 모르겠지만 그걸 복용하면 오래도록 사실 수 있을지도 모른다면서요?"

"허어! 어디서 헛된 소리를 듣고 찾아온 모양이구나! 불로초라는 것은 사람들이 꾸며 낸 허상에 불과한 약초가 아니더냐! 그런 것이 어찌 내게 있다고 그러느냐!"

조손이 서로 짱구를 굴려 댔다.

오세라는 수행 비서에게 불로초라는 정보를 전해 듣긴 했지만 그것에 대한 정확한 정체를 모르는 상황이기에 나름 머리를 굴려 말하고 있는 상태였고, 주현문은 성수를 금고에 숨겨 놓고 있는 상황이라 그걸 오세라에게 들킬 것이 염려되어 오리발을 내밀고 있는 중이었다.

"정 그렇게 제 말을 믿지 못하시겠다면 한번 열어 보면 될 것 아닌가요?"

"열어? 무엇을?"

"그건 외할아버지께서 잘 알고 계시지 않나요?"

"흠흠, 지금 나는 내가 무슨 말을 하고 있는 건지 당최 알아들을 수가 없구나."

"시치미 떼실 생각 마세요! 안방에 외할아버지만이 알고 있는 비밀 금고가 있다는 거 잘 알고 있어요. 그리고 그 안에 불로초 성분을 지닌 무언가를 보관하고 있을 것도 말이죠."

"허어!"

오세라의 말에 그만 순간적으로 할 말을 잃은 탓에 주현문이 격하게 숨을 내쉬고 말았다.

외손녀 오세라가 안방에 숨겨진 비밀 금고를 어찌 눈치를 챈 것인지 의문이었다.

도혁수에게조차 비밀 금고에 대한 것은 비밀로 하고 있었기에.

게다가 더욱 주현문의 심기를 불편하게 만든 것은 바로 비밀 금고 안에 보관된 성수로 인해서였다.

아직 외손녀 오세라는 성수에 대한 정체는 정확하게 모르고 있는 눈치지만, 그것이 불로초와 비슷한 것이라고 여기고 있다는 점이 문제였다.

'대체 이 아이가 어떻게?'

주현문으로서는 결단이 필요했다.

아무리 오세라가 소중한 피붙이라고 할지라도 성수는 절대 포기할 수 없었다.

하지만 오세라의 집착은 아주 강했다.

한번 마음먹은 것이 있으면 반드시 손에 넣고자 하는 그녀의 성격이 바로 주현문과 닮은 점이기도 했다.

그랬기에 이미 불로초란 것에 필이 꽂힌 오세라는 주현문이 아무리 다른 말로 둘러대도 쉽게 포기하지 않으려 할 것이다.

그렇다고 오세라에게 성수의 정체를 알려 줄 수는 없는 법.

만일 오세라가 성수를 본다면 탐욕을 부릴 것이 분명했다.

아직은 젊은 육신인 오세라였기에 성수를 이용하여 생명 연장보다는 그걸 이용하여 사업을 하는 데 사용하고자 나올 것이다.

'아무리 이 아이가 나에게 소중한 혈육이라도 성수를 탐낸다면 연을 끊는 수밖에 없다.'

주현문 눈빛이 차갑게 변했다.

지금 눈앞의 오세라는 그가 새로운 인생을 살려는 것을 방해하려는 방해꾼에 불과했다.

안 그래도 핸드폰 광고에 이어 영화 사업까지 말아먹은 것으로 오세라가 지닌 자질은 익히 판명 난 상태였다.

오세라가 외손녀라는 것에 비록 그녀가 회장 자리에서 물러난다고 해도 평생 놀고먹으며 지낼 수 있게 해 줄 생각이었다.

그런데 감히 주제도 모르고 이렇게 이곳을 찾아와서 그를 협박하고 있다는 것에 더는 인정을 베풀 마음이 사라졌다.

"……맞다. 안방에 나를 위한 비밀 금고가 있다는 것은 사실이다. 하지만 그곳은 내가 아니고선 누구도 열지 못할 것이다. 그리고 그 안에 방금 네가 말한 불로초 비슷한 것도 들어있는 것도 사실이다."

주현문은 오세라에게 비밀 금고에 숨겨 놓은 물질이 성수라는 것만 언급하지 않았을 뿐 사실대로 밝혔다.

어차피 집착이 강한 외손녀 성격이고, 어디서 들은 건지 정보를 어느 정도 알고 온 상태이니 오리발은 통하지 않을 테니 말이다.

그랬기에 지금부터 적당히 오세라를 구워삶을 연기가 필요했다.

"세라야, 보다시피 나는 나이가 잔뜩 먹은 늙은이다. 과연 약효가 정말로 작용할지는 미지수나 그걸 취하면 10년 정도는 젊어지지 않을까 싶구나. 내가 지금보다 젊어진다면 적어도 세라 너에게도 득이 되면 되었지 절대 해는 되지 않을 것이다. 그러니 오늘은 이만 물러가도록 해라."

오세라는 주현문이 사실을 털어놓은 것에 속으로 쾌재를 불렀다.

역시 비밀 금고에 숨겨 놓은 것이 총수의 약점이 맞았다.

하지만 주현문이 감정에 호소를 하듯이 나오자 오세라도 더는 앙칼지게 굴 수가 없었다.

"좋아요! 외할아버지도 피곤하실 테니 주무셔야겠죠. 하지만 한 가지는 약속해 주세요."

"뭐를 말이냐?"

"비록 이번 영화 사업은 망했지만 다시 도전해 보고 싶어요. 그러니 영화 사업을 계속 지원해 주세요. 그렇게만 해 주시면 외할아버지 비밀 금고에 보관 중인 불로초에 대한 것을 더는 언급하지 않을게요."

오세라는 여기까지 온 이상 원하는 것을 얻고 나갈 생각이 었기에, 거머쥔 주먹에 힘을 가했다.

솔직히 불로초 따위가 정말로 존재한다고 믿지도 않았지 만, 설령 있다고 해도 관심 밖이었다.

그녀는 젊었기에. 아직은 젊은 육신이라는 것에 불로초가 그리 마음에 와닿을 리가 없었다.

"오냐, 하긴 이번 영화 사업은 배우들이 문제를 일으킨 것 에 망한 것이니, 네 잘못이라고 볼 수만은 없긴 하구나. 다시 영화 사업에 도전할 수 있게 지원해 주마."

"아아! 정말 고마워요, 외할아버지! 저도 이렇게 찾아와서 번거롭게 해 드린 점 사과드릴게요. 저는 그만 가 볼 테니 얼 른 주무세요."

오세라는 외조부 주현문이 영화 사업을 다시 할 수 있게 지원해 주겠다는 말에 속으로 쾌재를 불렀다.

원하는 것을 얻은 그녀는 다시금 고분고분한 외손녀의 모 습으로 돌아왔다.

'하나뿐인 외손녀라 어여쁘게 봐줬더니 감히 나를 능멸하 려 들어?'

오세라가 나가자 안방에 혼자 남은 주현문.

그의 눈빛에서 살기가 일렁이고 있음을 결코 오세라는 알 지 못했다.

다음 날 아침.

도혁수는 주현문의 총수의 부름에 평창동을 방문했다.

어젯밤 오세라가 총수의 저택을 찾아왔던 일은 모두 도혁수 계획의 일환이었지만 그걸 주현문 총수는 알 리가 없었다.

"세라가 성수에 관한 비밀을 눈치챈 듯싶네."

"그게 무슨 말씀이십니까? 오 회장이 성수를 알고 있다고요?"

"정확히 성수라는 것까지는 모르는 눈치지만. 그래도 내가 손에 넣은 것이 불로초와 비슷한 성분이라 여기는 눈치네."

주현문은 오세라로 인해 골치가 아팠다.

그녀가 외손녀만 아니라면 당장 숨통을 끊어 버렸을 터.

"그럼 오 회장을 어떻게 하실 겁니까?"

"어디 섬 같은 데 가둬 놓으면 어떨까 싶네."

주현문이 어젯밤 오세라에게 영화 사업을 계속 지원해 주겠다고 했던 말은 새빨간 거짓말임이 드러났다.

"그렇다면 오 회장과 아예 조손의 연을 끊겠다는 것으로 해석해도 되겠습니까?"

도혁수는 이런 상황을 예측하곤 있었지만 겉으론 포커페이스를 유지했다.

"안타깝지만 지금으로선 연을 생각할 상황이 아니지 않는가. 아무리 외손녀라도 성수를 노린다면 용서할 수 없는 일이네."

"마침 회장님께서 신분 세탁을 하시게 되면 적응을 위해 머물 곳으로 준비한 섬이 있긴 합니다. 사람들 왕래가 없는 한적한 섬이지만 생활할 수 있는 모든 여건이 최상으로 구비된 곳이기도 하죠."

"잘되었군. 그렇다면 오늘밤 그곳에 그 아이를 데려다 놓는 것도 좋겠어. 괜히 그 아이가 사람들에게 쓸데없는 소리를 지껄이고 다녀도 곤란하니 말일세."

"알겠습니다! 그럼 오늘밤 오 회장을 준비한 섬으로 이동 조치시키겠습니다!"

주현문은 결국 성수를 지키기 위해서 외손녀 오세라와 연을 끊는 것을 택했다.

오세라로선 믿는 도끼에 발등이 찍힌 셈이다.

이곳에선 그건 비밀이다

한남동 오세라 집.

오세라는 화장대 앞에 자리해 있었다.

표정이 매우 밝아 보였다.

어젯밤에 평창동을 찾아간 덕분이다.

그녀는 주현문 총수의 약점이라 생각한 불로초를 물고 늘어진 덕분에 외조부에게 다시 영화 사업을 할 수 있도록 지원해 주겠단 약속을 받아 냈다.

그랬기에 그녀는 명성미디어 회장 자리를 계속 유지할 수 있게 된 셈이었다.

'지금은 외할아버지를 더는 자극하지 않는 것이 좋을 테니 얌전히 있겠지만, 내 언젠가 외할아버지의 비밀 금고를 꼭

· 열어 보고 말겠어!'

오세라는 주현문 총수의 안방에 숨겨 놓은 비밀 금고에 호기심을 떨쳐버릴 수가 없었기에, 그곳을 무슨 수를 써서 반드시 열어, 금고 안에 들어 있는 물건들을 직접 눈으로 확인할 작정이었다.

그러려면 치밀한 계획이 필요했다.

비밀 금고의 비밀번호를 알아내는 일.

그리고 외조부가 집을 떠나게 만들 일이 필요했다.

쉽지 않은 일이라 생각하니 더욱 승부욕이 들끓었다.

국내에서 다섯 손가락 안에 꼽히는 현금 부자로 통하는 외조부였기에 비밀 금고에 들어 있는 상상을 불허할 가치의 물건들이 보관되어 있을 것이라 여겨졌다.

'그렇다면 외할아버지가 정말로 불로초라는 것도 손에 넣은 것 아냐? 어쩌면 그럴 수도 있겠군. 어제 외할아버지의 태도로 보아선 확실히 수상쩍긴 해.'

어젯밤 외조부 주현문 언급한 애기로는, 그것을 취하면 십 년은 젊어지게 만들어 준다고 했다.

대체 어떤 물건인지는 몰라도 불로초와 흡사한 성분을 지닌 신기한 약초가 아닐까 싶었다.

아무래도 외조부 나이가 있다 보니 육신이 젊어지는 것에 유난히 관심을 기울이는 것이라 여겼다.

한편으론 오세라도 외조부가 정정한 상태로 계속 그녀의

뒷배가 되어 주는 편이 좋긴 했다.

'그건 그렇고 폐건물에 있던 중국의 해결사는 지금 어떻게 되었을까? 결국 죽었을라나? 꼬락서니를 보면 지랄발광이 난 모양이니, 놔두면 알아서 뒈지거나 도망치거나 할 테지만.'

오세라는 중국의 해결사들이 폐건물 안에서 죽어 버린다고 해도 죄책감 따위는 하나도 느껴지지 않았다.

그저 그녀가 사주한 일을 실패했다는 자체로 이미 쓸모가 없는 폐기물에 불과한 존재들로 전락했기에 말이다.

게다가 해결사들의 대포 폰을 가져와 완전히 박살을 내 버렸기에 그들과의 연락은 끊어진 셈이기도 했다.

'신석기 그놈도 중국의 해결사를 국내에 끌어들인 것이 나라고 의심은 하고 있을 테지만, 증거가 없는 이상 함부로 나서지 못할 것이다. 만일 유토피아 아역 배우가 납치 소동에 휘말린 것이 밝혀졌다간 결코 영화에 좋은 영향을 끼치지 않을 테니 그놈도 이번 일은 조용히 묻고자 할 것이 분명해.'

오세라는 박아람 아역 배우를 납치하고자 했던 사건에 대해 그녀가 편한 식으로 결론은 내렸다.

그렇게 생각하자 마음이 홀가분해진 탓인지 화장대 거울에 비친 얼굴이 오늘따라 한결 예쁘게 보여 기분이 좋았다.

'이제 회장 자리에서 물러날 걱정은 더는 하지 않아도 되니 간만에 스트레스도 풀 겸 오늘 호스트바나 다녀와?'

오세라는 화려한 외출복으로 갈아입고 손에는 억대를 호가하는 명품 가방을 들고 흐뭇한 기색으로 방에서 나왔다.

"아가씨! 외출하시게요?"

"응, 저녁은 밖에서 먹고 올 테니 준비할 필요 없어."

"다녀오세요, 아가씨!"

집사가 현관까지 나와 눈치를 보듯이 그녀를 배웅했다.

요사이 히스테리가 극에 달했던 오세라였는데 오늘은 무슨 일인지 표정이 매우 밝았다.

그렇게 오세라가 현관문을 나서 정원으로 걸어가는 순간, 집사는 핸드폰을 꺼내 누군가에게 연락을 취했다.

"방금 아가씨께서 나가셨습니다."

한남동 저택에서 일하고 있는 집사를 비롯하여 상주하고 있는 고용인들 몇몇에게 도혁수의 입김이 미친 상태였지만, 등잔 밑이 어둡다고, 오세라는 그런 사실을 까맣게 모르고 있었다.

그렇게 정원을 지나 저택의 차고에 이른 오세라.

그녀의 자가용인 고급 외제차로 향하려는 순간.

"헉!"

오세라가 격하게 신음을 흘렸다.

차고에 몰래 숨어 있던 사내 하나가 기습하듯이 차에 오르려던 그녀의 뒤에서 달려들어 목덜미에 주사기를 꽂아 버린 탓이다.

풀썩!

오세라가 쓰러지자 사내는 그녀를 안아들고는 그녀가 타려던 차에 태워서 차고 밖으로 옮겼다.

부르릉!

운전대를 잡은 사내가 향하는 방향은 바로 인천 부두였다.

인천 부두에 도착하기까지 여전히 정신을 잃은 채였던 그녀는 부두에 준비된 배로 옮겨지기까지 했다.

그런데 재미있게도 그녀가 기절한 상태로 배로 이동하고 있는 시각, 박아람의 납치 장소로 정했던 폐건물에서 하루 동안 지옥의 고통을 맛보았던 중국의 해결사들도 배를 이용하여 중국으로 도주하고 있다는 점이었다.

참고로 중국의 해결사들은 죽었다가 간신히 살아난 탓에 초주검에 가까운 몰골들이었고, 그들은 이번에 겪은 고초로 인해 앞으로 절대 한국의 일은 받아들이지 않을 것임을 뼛속 깊이 맹세했다.

❀

밤이 깊어 갔다.

기절한 오세라가 도착한 장소는 사람이 살지 않는 서해의 어느 섬이었다.

사방이 바다였기에 배를 이용하지 않고선 절대 섬을 벗어

날 수가 없는 곳에 옮겨진 셈이다.

별장처럼 만들어진 건물은 생활하는 데 전혀 지장이 없도록 자가 발전기가 설치되어 있는 등 만반의 구비가 되어 있었다.

"으윽!"

낯선 장소에서 깨어난 오세라.

침대에 널브러졌던 그녀는 눈을 뜨고 실내를 이리저리 둘러보았다.

실내 분위기는 제법 럭셔리했지만 이곳은 결코 그녀의 방이 아니었다.

'가만.'

그녀는 한남동 저택 차고에서 누군가의 기습으로 목덜미에 주삿바늘이 꽂혔던 것을 기억해 냈다.

'나, 납치된 거야?'

오세라의 눈빛이 파르르 흔들렸다.

그녀의 집인 저택 차고에서 누군가에게 당한 것이다.

그렇다는 것은 분명 의도된 납치라는 의미였다.

의심이 가는 인물이 있긴 했다.

어젯밤 그녀는 평창동에 찾아가 외조부의 약점을 물고 늘어져 앞으로도 계속 영화를 찍을 수 있도록 지원해 줄 것에 대한 약속을 받아 낸 상태였다.

'설마?'

이런 일을 꾸밀 인물로는 외조부 주현문밖에 없었다.

믿었던 외조부였다.

그런데 지금 상황을 보아선 외조부가 그녀를 처리하고자 나온 것임을 알 수 있었다.

떨리는 다리에 힘을 주어 방에서 나온 그녀의 눈에 시커먼 차림새를 하고 있는 사내 두 명이 보였다.

그리고 그런 사내들 옆에 그녀의 시중을 들 목적으로 고용한 듯 보이는 여자 하나도 서 있었다.

"지, 지금 이게 무슨 일이지? 여긴 대체 어디지?"

오세라의 의문에 사내 중 하나가 대꾸를 해 보였다.

"여기는 섬입니다. 앞으로 아가씨를 섬에서 절대 떠나게 하지 못하게 지키라는 총수님의 지시가 있었습니다."

"섬? 정말로 외할아버지가 나를 이곳에 가둬 버린 거라고?"

"총수님께선 아가씨가 이곳에서 편안하게 지내시길 바라고 계십니다."

"이이익! 그럼 어젯밤에 외할아버지가 나와 한 약조가 모두 거짓말이었단 거네?"

그제야 외조부 주현문에게 당했다는 생각에 화가 머리끝까지 치솟은 오세라는 당장 외조부에게 따질 생각에 핸드폰을 찾았지만 어디에도 보이지 않았다.

실내에도 그 흔한 전화기 하나 보이지 않았다.

그저 연락할 도구라고는 사내들의 허리 어름에 착용한 무전기가 전부일 뿐이었다.

"당장 외할아버지에게 연결해 줘! 나를 함부로 납치한 것을 절대 용서할 수 없어! 나 오세라야! 명성금융 총수의 외손녀 오세라라고!"

결국 뚜껑이 열린 오세라가 길길이 날뛰며 패악질을 부려 댔지만 이곳에선 통하지 않았다.

사내들은 오세라를 두려워하지 않았으니까.

물론 여자 도우미도 마찬가지였다.

결국 제풀에 지쳐 바닥에 주저앉은 오세라는 그제야 자신이 섬에 갇힌 신세가 된 것에 허망한 표정을 짓고 말았다.

믿었던 외조부에게 뒤통수를 거하게 얻어맞은 것이다.

이건 조손의 연을 끊어 버리겠다는 의미나 다름없었다.

'대체 불로초가 뭐라고……!'

어젯밤에 외조부에게 불로초를 물고 늘어진 것이 이렇게 된 원인이었음을 깨달았다.

외조부 주현문에게는 외손녀보다 불로초의 가치를 더 소중하게 여기고 있다는 의미였다.

혹시 화근이 될까 싶어 그녀를 이리 섬으로 치워 버린 것임을.

바로 그때였다.

"으으…… 어어……."

갑자기 오세라의 표정이 이상해졌다.

정신이 나간 여자처럼 입에서 침이 줄줄 흘러내리더니, 심지어 오줌까지 질질 흘리고 있었다.

그런 오세라를 발견한 감시원 사내들과 여자 도우미는 처음에는 크게 놀란 기색이었지만, 이들은 이미 이런 일에 대한 언질을 받은 상태였기에 이내 정신을 수습했다.

이곳에 오세라를 인계한 윗선에서 그녀가 외조부 주현문에게 팽을 당한 것을 알게 된다면 충격을 감당하지 못해 어쩌면 실성할 수도 있다고 했던 것이다.

실은 이건 석기로 비롯된 일이었지만, 이곳에 있는 이들은 알 리가 없었다.

한남동 차고에서 오세라 목덜미에 꽂힌 주사기.

이곳에 도착하면 약효가 발효되도록 주입된 약물에 조치가 되어 있었던 것이다.

이제 그녀는 남은 인생을 똥오줌도 가리지 못하는 신세로 추악한 삶을 살게 될 것이다.

거기에 외조부의 친절한 배려로 죽을 때까지 그녀는 이곳을 벗어나지 못한 채로 말이다.

❈

밤이 되었다.

석기는 도혁수의 보고를 받았다.

오세라가 섬에 끌려간 것은 주현문 총수의 영향이 컸지만, 실상은 따지고 보면 모두 석기의 작품이라 볼 수도 있었다.

–총수에게 뒤통수를 맞은 것이 충격이 컸던지 섬에 도착한 오 회장이 실성했다고 합니다. 오 회장은 평생 그곳을 벗어나지 못할 테니 이제 신 대표님이 처리할 대상은 주현문 총수만 남은 셈입니다.

"오 회장 일은 주현문 총수에게도 보고가 되었겠군요."

–그렇습니다.

"뭐라고 하던가요?"

–오히려 안심하는 눈치였습니다.

석기는 도혁수 보고에 씁쓸히 웃었다.

도혁수도 눈치채고 있을 터.

오세라가 실성한 것이 총수의 배신에 의한 충격도 있겠지만, 결정적인 것은 바로 석기의 능력으로 비롯된 일임을 말이다.

하지만 도혁수는 그걸 눈치채고 있음에도 선을 지켰다.

"중국의 해결사들은 어떻게 되었죠?"

–인천항에서 선박을 이용하여 중국으로 돌아간 상태입니다. 그쪽도 더는 신경 쓸 필요가 없습니다.

"수고하셨어요. 그만 쉬세요."

도혁수의 보고가 끝났다.

중국의 해결사들이 폐건물에서 게거품을 물며 그리 지랄 방광을 떨어 댄 것도 역시 석기의 작품이었지만 그것에 관해서도 도혁수는 의문을 표하지 않고 넘어갔다.

"명성미디어 주인이 사라졌으니 이제 그곳은 도 실장의 수중에 들어가게 되겠군."

명성금융의 상호인 '명성'.

그건 과거에 도혁수 집안에서 운영하던 명성기업에서 비롯된 상호인 셈이다. 명성기업을 훔친 도둑놈은 바로 주현문 총수였다.

그걸 기반으로 시작하여 급기야 석기 집안에서 운영했던 천운그룹의 자금까지 홀라당 흡수한 덕분에 오늘날 국내에서 손가락에 꼽히는 현금 부자로 통하게 된 것이다.

'기다려라, 주현문! 이제 다음 차례는 네놈이 될 것이다!'

오장환에 이어 오세라까지 처리가 끝났다.

그렇다면 이제 남은 것은 주현문 총수.

물론 주현문 총수의 처리 후에 과거에 천운그룹에 칼을 겨누었던 기업들도 차례대로 손봐 줄 계획이었다.

지금쯤 주현문 총수는 외손녀 오세라를 섬에 가둬 놓은 것을 아주 흡족하게 여기고 있을 터.

그녀가 실성했다는 도혁수 보고에 오히려 안심을 했다고 한다.

정말 악마가 따로 없었다.

'악마를 잡기 위해선 나 또한 악마가 될 필요가 있다!'

석기는 마음을 굳게 먹었다.

피붙이조차 앞날에 걸림돌이 된다면 기꺼이 처리하는 인간이 바로 주현문이다.

그런 인간이 지금은 필요에 의해서 도혁수를 곁에 두고 있는 것이지, 그의 쓸모가 다하면 분명 주현문은 사람을 몰래 사주하여 도혁수를 폐기 처분하고자 나올 것이다.

'하지만 당하는 것은 도혁수가 아니라 바로 주현문 총수가 될 것이다. 올해 마지막 날에 성수를 취하고 젊은 육신이 된다고 해도, 주현문은 새해에 떠오르는 해를 보지 못하고 세상에서 소멸될 터.'

그랬기에 주현문이 사라지기 전에 총수가 보유했던 모든 자산을 신분 세탁한 가상 인물에게 일찌감치 넘기는 작업이 필요했다.

다행히 현재 가상 인물의 신분을 만드는 일은 도혁수가 맡았고, 이제 이름까지 정해진 상태였다.

천승현.

그것이 가상 인물의 이름이다.

석기 부친의 성인 '천' 씨를 사용하게 되었고, 승현이란 이름은 부모에게서 한 글자씩 따서 만든 이름이기도 했다.

그걸 죽기 직전에 알게 된다면 주현문이 어떤 표정을 지을지 아주 기대가 되었지만.

다행히 주현문은 천승현이란 이름에 들어간 의미를 결코 알 리가 없었기에, 새로운 육신이 차지할 이름에 수상함을 전혀 느끼지 못하고 매우 만족해하는 눈치였다.

'하지만 의심이 많은 총수다. 만일 총수가 마음을 달리 먹고 안전하게 성수를 취하고 나서 천승현에게 천천히 자산을 넘기려고 할 수도 있다.'

석기 입장에선 가급적 가상 인물인 천승현에게 빨리 총수의 자산이 넘어오는 것이 좋긴 했지만 그렇지 않을 경우도 대비해야만 했다.

방법이 없는 것은 아니다.

오히려 석기는 주현문의 의심 많은 성격을 이용할 작정이었다.

총수가 몸이 닳아서 빨리 자산을 가상 인물인 천승현에게 옮기고 싶도록 안달 나게 만들 생각이다.

'그러려면 도 실장의 역할이 중요하다.'

아직 공식적으로 발표하진 않았으나 이제 섬에 갇힌 오세라는 회장 자리에서 물러난 셈이니, 주현문 총수도 발표를 서두를 것이다.

그런 점에서 차기 회장이 필요한 상황이다.

하지만 총수의 성격 상 아무나 회장 자리에 앉힐 리가 없을 테니, 그나마 자신의 일을 돕고 있는 도혁수를 회장으로 앉힐 것이라 여겨진다.

그렇게 도혁수가 명성미디어 차기 회장이 된다면 의심 많은 총수를 흔들 작전이 필요했다.

그래서 생각한 것이 바로 혼외자.

도혁수를 주현문의 혼외자로 만들 계획이다.

물론 진짜는 아니고 소문으로 말이다.

만일 혼외자 소문이 퍼지게 된다면 필시 정재계의 인물들도 관심을 보일 터.

현재 주현문의 유일한 혈육으로 외국에 나가 있는 딸 주영애가 있다.

하지만 그녀는 사업을 운영할 만한 그릇이 못 된다는 것이다.

게다가 아직 한국에는 알려지지 않았지만 그녀가 마약에 손을 대었다는 정보를 입수했다.

그랬기에 주영애가 한국에 돌아와도 그녀가 명성의 오너가 될 일은 결코 없을 터.

그렇다면 다음으로 사위 오장환이 있지만, 그는 현재 똥오줌도 못 가리는 처지로 전락하여 요양원 신세를 지고 있다는 점.

또한 주현문 총수의 외손녀 오세라가 있지만 그녀는 백치가 되어 섬에 갇힌 신세가 되었다.

그렇다면 자연스럽게 혼외자로 소문난 도혁수에게 정재계 인물들의 관심이 쏠릴 것은 자명한 사실.

'과연 그걸 주현문 총수가 보고만 있을까.'

절대 그럴 리 없다는 것에 석기는 자신의 손모가지를 걸어도 좋았다.

비록 진실이 아닌 소문에 불과한 일이나, 주현문 총수는 도혁수가 자신의 혼외자로 알려지게 된다면 불쾌함도 크겠지만 불안함도 따를 터.

그렇게 되면 주현문은 도혁수를 경계할 요양으로 가상 인물인 천승현에게 자산을 넘기는 작업을 서두르라고 지시할 수도 있다.

❈

날이 밝았다.

주현문은 석기의 예상대로 움직였다.

그는 명성 홍보팀을 통해 섬에 갇힌 외손녀 오세라가 병고로 인해 회장 자리에서 사퇴한다는 보도 자료를 매스컴에 뿌리게 만들었다.

또한 차기 회장으로 예상대로 도혁수가 정해졌다.

어차피 회장 자리의 공석은 메꿔야만 한다.

그러나 아무나 그곳에 올릴 수는 없는 노릇이었기에 주현문은 자신을 돕고 있는 도혁수의 충성심을 다지고자 인심을 쓰기로 했다.

물론 주현문의 시커먼 속내는 성수를 취해 젊은 육신을 갖게 된 다음, 화근이 될 도혁수를 반드시 제거할 작정이었다.

명성 홍보팀에서 흘린 정보는 주현문이 뜻한 대로 매스컴에서 앞다투어 보도되었다.

　－명성미디어 회장 오세라 씨가 병고로 인하여 회장 자리에서 물러나게 되었다는 소식입니다!

　－오 씨가 회장 자리에서 사퇴한 것에는 병고가 원인일 수도 있지만, 명성미디어에서 두 번째로 추진한 영화 사업이 중도 하차한 영향이 크게 작용한 것으로 보입니다!

　－명성미디어의 차기 회장 후보로 현재 명성금융의 비서실장 도 씨가 가장 유력한 후보로 물망에 오른 상태라고 합니다!

　－조만간 기자회견을 통해 도 씨는 M미디어의 차기 회장이 된 것을 공식적으로 발표할 것이라는 소식입니다!

한국의 여러 지상파와 케이블 방송까지 명성미디어 회장 자리에 관한 소식을 뉴스로 보도했다.

그동안 말도 많고 탈도 많았던 오세라였기에 그녀가 물러나고 대신 도혁수가 명성미디어 차기 회장이 될 것이라는 보도에 세간의 반응은 생각보다 호의적인 분위기였다.

　－이제야 드디어 M미디어도 정신을 차린 모양이네요!ㅎ

-인정! 오 씨는 회장 그릇이 아님!

-혈연으로 이어진 대물림은 가라!

-핸드폰 광고와 영화 사업을 대차게 말아먹은 것으로 이미 오 씨의 자질은 검증이 된 셈?ㅋ

-돈지랄 하던 오 씨가 회장에서 물러난 것이 아주아주 꼬시다! ㅋㅋㅋㅋㅋㅋㅋㅋ

-M그룹에서도 도 씨를 팍팍 밀어주는 분위기라죠? 그걸 보면 도 씨가 일은 잘하는 모양이네여~

-어디서 들었는데 도 씨가 M그룹 총수 주 씨의 혼외자라고 하더라고요~ㅋㅋ

-오홀! 도 씨가 M그룹 총수 주 씨의 숨겨진 자식?

-또다시 혈연 대물림?ㅠㅠ

-역시 피는 물보다 진한 건가?

-외손녀보단 아들이 중하단 거네~

-M그룹에서 도 씨의 영향력이 총수 다음으로 크다는 소문이더니 결국 혼외자였기에 그랬던 모양이네여~ㅠ

-총수 주 씨 슬하에 자식이 하나이니 도 씨가 혼외자라도 상당한 대우를 받을 것으로 보임!

-이러다 도 씨가 명성그룹의 모든 것을 차지하겠네ㅎ

-ㅊㅋㅊㅋ 도 씨에게 다들 줄 대느고 난리겠네!

-주 씨 재산은 이제 도 씨 것?

-국내 손가락에 꼽히는 현금 부자 M그룹을 차지하게 되었으니

도 씨 인생 이제 꽃길만 걷겠네~ 완전 개부럽딩!

한편, 석기로선 일이 수월해졌다.

도혁수가 주현문의 혼외자라는 소문을 퍼트리는 작업을 할 필요조차 없어졌다.

대중이 알아서 도혁수가 명성미디어 차기 회장이 되었다는 뉴스를 보고는 관심을 가지며 나름대로 이런저런 소설을 써 댄 덕분이다.

소문이 소문을 낳는다는 말처럼 대중은 갈수록 도혁수가 정말로 주현문의 혼외자일지도 모른다고 생각하게 되었고, 그런 소문은 정재계의 인물들의 귀에도 들어가게 되었다.

또한 주현문 총수도 마찬가지였다.

평창동 대저택.

"아, 아닙니다! 그럴 리가요? 소문일 뿐입니다! 네, 네! 내일 기자회견을 통해서 확실하게 밝힐 테니 염려 마십시오!"

주현문 총수는 도혁수가 그의 혼외자라는 소문이 퍼지면서 몇 차례나 정재계의 여러 인물들에게 전화가 걸려 와 진땀을 흘려야만 했다.

그래서 결국 내일 기자회견을 통해 도혁수가 혼외자가 아니라는 것을 밝히기로 했지만, 마음은 아주 불편하기 짝이 없었다.

"도혁수 그놈이 내 자식이라고? 이익! 이것들이 죽고 싶어 환장했나!"

주현문은 도혁수가 자신의 숨겨 놓은 피붙이로 여겨지고 있는 상황에 기분이 너무 불쾌해서 미칠 것만 같았다.

심지어 외손녀 오세라를 회장 자리에서 물러나도록 한 것이 바로 혼외자인 도혁수를 회장 자리에 앉히기 위해서라는 말도 심심치 않게 들려왔다.

이런 분위기로 흐르다간 아무것도 모르는 정재계 인물들은 자칫 주현문이 앞으로 살게 될 신분인 천승현이란 인물보다 도혁수를 더 높게 평가할지도 모른다는 불안감이 엄습했다.

주현문은 당장 오세라를 대체할 마땅한 인물이 없다 보니 필요에 의해 도혁수를 명성미디어 회장 자리에 올려놓은 것일 뿐이었다.

그런데 어쩌다 소문이 이상하게 돌았다.

지금 상황에선 대중의 분위기도 그렇고, 정재계의 인물들도 도혁수를 그의 혼외자로 의심하는 눈초리였기에, 이대로 가다가는 정말 소문이 진실인 것처럼 굳어질 수 있다는 것에 좌불안석이었다.

해서 주현문은 도혁수를 당장 평창동으로 불러들였다.

"내일 기자회견을 통해 도 실장이 나와 아무런 연관이 없다는 것을 밝히는 것이 좋겠네. 그리고 이왕 이런 상황이 되었으니 앞으로 내가 살 인물인 천승현에 대한 정보를 조금 흘리는 것도 좋겠네."

"그렇다면 차라리 내일 기자회견장에서 천승현을 총수님의 혼외자로 터트리는 것은 어떻겠습니까?"

"천승현을 혼외자로?"

"비록 지금은 천승현이 가상 인물에 불과하나 어차피 나중에 총수님의 모든 자산이 물려질 것이니 말입니다. 제가 혼외자가 아니라고 해도 대중은 믿지 않을 수도 있을 테니, 기자회견장에서 천승현을 총수님의 숨겨진 자식이라고 발표하는 것도 효과가 좋을 것이라 봅니다."

가상 인물 천승현은 곧 주현문이나 마찬가지였다.

나중에 DNA 유전자 검사를 한다고 해도 둘은 동일인물인 셈이니 친자로 밝혀질 터였다.

하지만 시기가 문제였다.

주현문은 성수를 마시는 디데이를 올해 연말로 정한 것이다.

새해부터 천승현으로 살 계획으로 그리 잡은 것이다.

"그렇게 되면 기자들이 천승현에 대한 사진을 요구할 텐데⋯⋯. 지금 당장 성수를 취하는 것은 좀 곤란하네. 본래 계획대로 젊은 육신으로 변한 모습은 올해 마지막 날에 공개하는 것이 좋을 테니 말일세."

"그렇다면 천승현 얼굴을 공개하는 것은 피하고, 만들어진 정보만 공개하면 될 겁니다."

"만들어진 정보만?"

"만일 공식적으로 천승현을 총수님 혼외자로 공표한다면 총수님의 자산을 천승현에게 넘기는 문제도 한결 수월해질 겁니다."

"흐음, 그렇긴 하겠군."

"지금 총수님 연세도 있고 하니, 연말에 한꺼번에 터트리는 것보다는 혼외자에게 후계자 자리를 물려주고 일선에서 은퇴한다는 것을 밝히는 것도 그림이 좋을 겁니다."

"흐음."

의심이 워낙 많은 총수 주현문은 아직 성수를 취하지 않은 상태였기에 그의 자산을 가상 인물에게 죄다 양도하는 것이 불안했지만 사람의 앞날은 모르는 법이었다.

현재 도혁수가 그의 혼외자로 오해받고 있는 상황이다.

벌써부터 정부의 중요 인물들이 도혁수와 끈을 맺고자 안달인 것을 직접 겪고 있는 것이다.

그랬기에 잘못했다간 총수가 차지할 천승현보다 도혁수의 입지가 더욱 커질 수도 있다.

"좋네! 내일 기자회견장에 천승현이 나의 혼외자로 앞으로 명성그룹의 모든 것을 물려받을 후계자가 될 것이라 발표하

게! 그리고 발표를 한 이상 세간의 의혹을 떨칠 필요가 있으
니 천승현에게 자산 양도에 대한 문제를 내일부터 진행하도
록 하고."

주현문 총수의 결정에 도혁수는 석기가 원하는 대로 흘러
가고 있다는 것에 속으로 쾌재를 불렀다.

✤

다음 날 오전.
명성미디어 행사 홀에서 기자회견을 갖게 되었다.
오늘 기자회견에서 밝힐 내용은 모두 세 가지였다.

첫째, 주현문 총수의 외손녀인 오세라가 명성미디어 회장 자
리에서 사퇴하는 것을 공식적으로 발표한다.
둘째, 도혁수가 명성미디어 차기 회장이 될 것임을 공식적으
로 밝힌다.
셋째, 가상 인물인 천승혁을 주현문의 혼외자로 밝힐 것이
다.

세 번째 내용이 오늘 기자회견에서 하이라이트라 보면 된
다.
현재 명성미디어 차기 회장 자리에 오를 도혁수가 주현문

총수의 혼외자라는 소문이 파다하게 퍼진 상태였다.

그랬기에 천승혁은 그걸 뒤집기 위한 패라고 보면 되었다.

주현문 총수의 혼외자는 도혁수가 아니라 가상 인물로 만들어진 천승혁이 될 것이니 말이다.

기자 회견장에 도착한 기자들이 삼삼오오 모여서 잡담을 나누었다.

"도 실장이 주현문 총수의 혼외자란 말이 과연 사실일까요?"

"외손녀 오 회장을 회장 자리에서 물린 것을 보면 사실일 수도 있지 않을까요?"

"도 실장이 회장이 된다면 명성 분위기가 크게 달라지긴 하겠군요."

"하긴 햇병아리 오 회장보단 능력은 검증된 인물이니."

"그걸 보면 역시 핏줄이 중요한 거 아니겠어요?"

"주현문 총수가 도 실장을 유독 챙겼던 이유 알 만도 하네요."

그렇게 기자들이 모여서 잡담을 나누고 있던 사이.

"도혁수 실장님이 오셨습니다!"

기자회견 사회를 맡은 인물이 행사홀 입구로 들어선 도혁수를 모두에게 알렸다.

도혁수는 흑색 정장을 반듯하게 차려입었고 곁에는 수행 비서와 경호원 한 명이 함께했다.

그러자 동료 기자들과 잡담을 나누고 있던 기자들은 이곳에 참석한 목적을 잊지 않고 성큼성큼 기자회견장을 걸어오는 도혁수를 향해 카메라 플래시를 요란스레 터트리기 시작했다.

찰칵찰칵! 번쩍번쩍!

오늘 기자회견을 주도한 인물은 바로 도혁수였다.

이곳에 참석한 기자들 중에 명성과 친분 있는 기자들도 있지만, 명성을 싫어하는 기자들도 제법 끼어 있었다.

하지만 도혁수는 그런 것에 상관하지 않았다.

어차피 그는 주현문 총수의 편이 아니라 석기의 편이었기에 명성을 까 내리는 기사도 필요했다.

"그럼 지금부터 기자회견을 시작하겠습니다!"

사회자의 선언에 도혁수가 단상으로 올라섰다.

찰칵찰칵! 번쩍번쩍!

그런 도혁수를 향해 다시금 기자들이 카메라를 들이대고는 번쩍거리는 플래시를 토해 냈다.

"안녕하십니까! 도혁수입니다! 명성그룹의 주현문 총수님을 대신하여 공식적으로 오늘 이 자리에서 제가 여러분에게 밝힐 내용은 모두 세 가지입니다! 질문은 세 가지 내용을 모두 발표하고 나서 받도록 하겠습니다! 그럼 첫 번째 내용부터 발표하겠습니다!"

도혁수는 가장 먼저 명성미디어 회장이었던 오세라가 정

식으로 회장 자리에서 사퇴하게 된 것을 밝혔다.

이미 매스컴에서 잔뜩 떠들어 댄 내용인지라 기자들은 큰 흥미를 느끼지는 않은 기색들이긴 했다.

하지만 그래도 오세라가 회장 자리에서 물러난 것을 공식적으로 발표했다는 것에 의의를 가진 눈치들이었다.

"두 번째 발표할 것은 현재 공석인 명성미디어 회장 자리에 제가 오르게 될 것임을 공식적으로 밝히는 바입니다! 그동안 여러 가지 물의를 일으킨 점으로 인해 대중의 신뢰를 크게 떨어트려 명성미디어의 입지가 바닥까지 추락한 상태임을 너무나 잘 알고 있습니다! 앞으로 저는 명성미디어 입지를 바로 세우는 것에 총력을 기울일 것임을 여러분 앞에 약속드립니다!"

도혁수의 단호한 태도에 기자들도 눈빛을 빛내며 관심을 보였다.

그동안 회사 운영 경험이 전혀 없는 오세라가 주현문 총수의 외손녀라는 이유로 제멋대로 구는 바람에 명성미디어를 완전 똥으로 만든 상황임을 기자들도 너무나 잘 알고 있었기에 말이다.

그런 명성미디어를 도혁수가 바로 잡으려 한다는 것에 기자들은 그를 지지하는 분위기였다.

하지만 도혁수가 주현문 총수의 혼외자라는 소문에 대한 공식 입장이 아직 발표되지 않은 상황이었다.

그래서 세 번째 발표에 과연 어떤 말이 나올 것인가에 대해 기자들이 지대한 관심을 보였다.

"세 번째 발표할 내용은 이곳에 모이신 여러분들이 가장 궁금하게 여기는 부분일 것이라 봅니다!"

도혁수는 일단 필요한 서두를 떼고 나서 기자회견장에 참석한 기자들을 천천히 둘러보았다.

지금부터가 중요했다.

주현문 총수의 신분 세탁을 위해서 만들어진 가상 인물 천승현. 그는 지금부터 주현문 총수의 혼외자로 세상에 기억될 터였다.

물론 나중에 주현문이 사라지더라도, 천승현은 여전히 주현문 총수의 후계자로 거론될 것이며, 총수가 지닌 모든 자산이 천승현 앞으로 돌아가게 될 것이다.

하지만 천승현은 평생 베일에 싸인 인물이 될 터.

실제 존재하는 사람이 아니기에 그를 세상에 드러낼 수가 없다는 것이다.

그런 천승현의 존재는 곧 석기의 숨겨진 패라고 봐도 좋았다.

천승현이 지닌 모든 자산은 결국 석기의 것이나 마찬가지인 셈이기에.

과거에 천운그룹을 집어삼킨 덕분에 오늘날 이렇게 국내에서 손가락에 꼽히는 거대 기업이 될 수 있었던 것이니, 이제라도 본래의 주인에게 돌려주는 것이 당연했다.

"주현문 총수님의 혼외자 문제를 지금 이 자리에서 공식적으로 발표하겠습니다! 주현문 총수님의 혼외자로 저를 의심하는 분들도 있겠지만 그건 잘못된 정보입니다. 총수님 혼외자는 바로 천승현 씨입니다! 그동안 천승현 씨에 대한 정보를 숨겨 온 것은 주현문 총수님께서 천승현 씨를 보호하려는 차원에서였습니다! 그럼 지금부터 질문을 받겠습니다!"

도혁수의 혼외자 발표는 기자들에게 뜻밖의 정보인지라 크게 충격을 받은 기색들이었지만, 역시 기자들답게 금방 정신을 수습하고는 앞다투어 질문에 들어갔다.

"천승현 씨가 주현문 총수님의 혼외자라고 말씀하셨는데 그동안 숨겨 온 사실을 뒤늦게 밝힌 이유가 무엇입니까?"

"기자 여러분은 이곳에 나오기까지는 제가 주현문 총수님의 혼외자라고 여기고 있었을 겁니다. 그동안 세간에 소문이 그렇게 퍼져 있었으니까요. 해서 주현문 총수님께선 이번 기회에 소문을 바로잡아야 한다는 생각에 용기를 내서 그동안 숨겨 왔던 천승현 씨를 세상에 밝히기로 결심하셨습니다!"

"그럼 천승현 씨는 지금 어디에 있는 겁니까?"

"그것은 노코멘트 하겠습니다. 주현문 총수님께선 혼외자인 천승현 씨가 충격받을 것이라 생각하여 천승현 씨에 대한 신상을 공개하는 것은 일절 금하기로 하셨으니 양해바랍니다!"

"하면 천승현 씨에 대해 밝힐 것이 하나도 없다는 건가
요?"

"때가 되면 주현문 총수님께서도 천승현 씨에 대해 밝힐
것이라 봅니다! 지금으로선 한 가지 확실하게 밝힐 것은 주
현문 총수님의 자산이 모두 천승현 씨에게로 양도할 것이라
는 점입니다!"

"자산을 천승현 씨에게 양도한다면 주현문 총수님의 따님
이신 주영애 씨가 과연 가만있을까요? 게다가 주영애 씨는
남편 오장환 씨와 아직 이혼하지 않은 상태이고, 거기에 이
번에 명성미디어 회장 자리에서 물러난 딸 오세라 씨도 있는
데 말이죠."

"주현문 총수님이 보유하신 재산에 대해선 앞으로 어떤 잡
음도 일어나지 않도록 처리가 될 것이니 여러분께서 걱정하
실 일은 아니라고 봅니다. 그럼 제가 할 말은 모두 끝났으니
기자회견은 이만 마치도록 하겠습니다."

가상 인물 천승현을 세상에 드러내게 된 이상 주현문 총수
가 지닌 자산을 놓고 잡음이 일어나선 곤란했기에 돈 문제는
이미 깔끔하게 정리해 놓은 상태였다.

외국에 나가 있는 주영애를 비롯하여 사위 오장환과 외손
녀 오세라에 대한 재산 분할은 처리가 끝났다.

주현문 총수는 젊은 육신으로 새로운 인생을 살게 된다는
것에 자식도 이제 안중에도 없었다.

딸 주영애가 평생 마약에 찌들어 살든 말든 관심 밖이었고, 오로지 그녀가 자신의 앞날에 걸림돌이 되지 않도록 처리를 하는 것만이 중요했다.

해서 주현문은 외국의 수녀원에 기부금을 엄청 낸 대가로 그곳에다 딸 주영애를 평생 갇혀 지내도록 만들 생각이다.

사위 오장환과 외손녀 오세라도 마찬가지였다.

두 사람은 백치나 다름없는 상태가 되었기에 주현문 총수로선 돈을 별로 들이지 않고 두 사람과 연을 끊어 낼 수 있게 된 것이다.

참고로 오장환도 조만간 오세라가 머물고 있는 섬으로 보낼 계획이었다.

부녀가 똑같이 백치 상태이니 섬에서 평생토록 똥오줌도 못 가리는 신세로 살게 될 터.

❆

저녁이 되었다.

도혁수가 기자회견장에서 밝힌 내용은 매스컴에 경쟁이라도 하듯 앞다투어 보도되었다.

─오늘 M그룹에서 기자회견을 통해 공식적으로 M미디어 회장 오 씨가 회장 자리에서 사퇴하고 그 자리에 도 씨가 회장 자리에 올

랐다는 소식입니다!

　─이번에 M그룹 총수의 혼외자가 밝혀져 세간의 눈길을 끌게 되었습니다!

　─M그룹 총수 주 씨의 혼외자 천 씨에 대한 신상 정보는 아직은 밝혀진 것이 없지만, M그룹 총수 주 씨의 자산을 천 씨에게 양도할 것임을 공식적으로 밝힌 상태입니다!

　도혁수를 주현문 총수의 혼외자로 알고 있었던 대중은 뜻밖의 인물인 천승현이 혼외자로 밝혀진 상황에 경악을 금치 못했다.

　그런데 천승현에 대한 정보는 이름을 제외하고 아무것도 밝혀진 것이 없다는 점에 대중은 커다란 호기심을 갖게 되었다.

　─M그룹 황태자 등극!

　─현금 부자 M그룹을 통째로 집어삼키게 된 행운의 황태자 천 씨!

　─과연 천 씨는 어떤 인물일까요?

　─베일에 싸여서인지 더욱 궁금!

　─불구라는 소문도 있던데ㅋㅋ

　─공식석상에 모습을 드러내지 못할 정도면 외모에 치명적인 문제가 있어서 일지도 모르죠ㅋ

−나중에 이러다가 M그룹 총수 노릇도 못하는 거 아님?

−총수 못해도 돈만 있으면 장땡 아닌감?

−하긴 주 씨 자산 죄다 천 씨에게 양도한다죠?

−완전 개부럽당!

−도 씨를 혼외자로 알고 있었는데 이거 완전 충격입니당!

−도 씨만 중간에서 피 본 건가?

−도 씨 혼외자 소문 일부러 M그룹에서 천 씨 띄우고자 의도적으로 낸 소문이라는 말도 있던데여~

−오홀! 그럴 확률 백퍼네!

−역시 충신 도 씨 희생양!

−도 씨 M미디어 회장이 되었는데도 다들 천 씨 얘기만 하네여
~ 도 씨 완전 불쌍ㅠㅠ

한편, 주현문 총수는 인터넷에 올라온 대중의 반응에 매우 흡족한 기색이다.

대중이 천승현에 대한 궁금증으로 여러 의혹들이 난무하고 있는 상황이나 주현문은 걱정이 없었다.

어차피 연말이 되어 성수를 취하고 나서 육신이 젊어진다면 그때 천승현에 대한 정보를 세상에 드러내도 늦지 않을 것이라 생각하고 있었기에.

"도 실장! 기자회견을 하느라 수고 많았네. 이제부터 자산을 천승현에게로 옮기는 일을 보다 수월하게 진행할 수 있을

걸세. 천승현에 대한 정보는 연말이 지나고 새해가 되면 까 발릴 생각이니 그것에 맞춰 준비해 놓으면 될 걸세."

"네! 알겠습니다."

만면에 흡족한 미소를 머금은 총수 주현문을 향해 평창동에 불려온 도혁수가 공손하게 응대했다.

도혁수가 속으로 총수를 비웃고 있는 것을 그는 결코 알리가 없었다.

도혁수와 손을 잡은 석기가 준비한 미끼를 물었고, 이제 함정에 풍덩 빠진 총수 주현문이었다.

함정을 벗어나기는 어려운 일.

세상에 천승현을 공식적으로 주현문의 혼외자로 선포한 이상, 천승현에게 자산을 양도하는 일을 이제부터 대놓고 시도할 수 있게 되었으니 빠른 시일 안에 모든 정리가 끝날 것이다.

자산 정리가 끝나면 주현문은 지병을 핑계로 총수 자리에서 물러나게 만들 계획이다.

이빨 빠진 호랑이로 만든다.

그것이 다음의 계획이었다.

명성미디어 행사홀.

그곳에서 오늘 도혁수의 회장 취임식을 갖게 되었다.

"앞으로 명성미디어는 새롭게 달라질 겁니다! 적아의 구분 없이 사업에 도움이 된다면 기꺼이 손잡을 겁니다! 또한 전 회장이었던 오세라 씨가 영화로 제작하려다 실패한 〈흑기사 아저씨〉를 명성에서 다시 제작할 계획입니다! 유명우 영화 감독과 양재인 작가는 전과 동일하게 가되, 배우들은 전면 교체가 이루어질 겁니다! 저는 유명우 감독에게 모든 권한을 일임할 것을 약속하며, 유명우 감독의 뜻에 따라 유토피아 아역 배우 박아람을 영화에 출연시킬 것입니다!"

도혁수가 회장 취임식에서 발표한 내용으로 행사홀에 참석한 이들이 크게 술렁거렸지만 그는 아랑곳하지 않고 자신이 생각한 바를 단호하게 밝혔다.

찰칵찰칵! 번쩍번쩍!

기자들은 특종을 건졌다는 생각에 카메라 플래시를 요란하게 터트렸다.

그렇게 도혁수가 회장 취임식에서 발표한 내용은 곧장 기사로 인터넷에 올라가게 되었다.

대중은 의외로 적아의 구분 없이 사업적으로 도움이 된다면 어느 곳과도 기꺼이 손잡겠다는 도혁수의 선언을 지지하는 분위기였다.

또한 명성미디어 전 회장이었던 오세라의 과도한 간섭과 배우들의 문제로 접게 되었던 〈흑기사 아저씨〉를 다시 영화로 제작하게 된 점에 대해선 대중의 의견들이 분분하긴 했지만 그래도 생각보다는 비교적 호의적인 분위기로 흘러갔다.

–M미디어 회장 도 씨! 역시 능력이 출중한 인물답게 스케일이 장난이 아니네요!

–사업가라면 이런 마인드는 되어야 성공하겠죠ㅎ

–도 씨의 도전 정신은 높이 사지만 이미 망한 작품을 영화로 제작하는 것은 아니지 않나??

–또 폭망할 수도 있음!ㅋㅋㅋ

–그럼 도 씨도 회장 자리에서 물러나겠네ㅋㅋㅋㅋ

–난 오히려 좋게 생각함!!!

–저도 찬성!! M미디어 전 회장 오 씨의 과도한 간섭과 배우들 문제로 영화를 접은 상황이니 다시 찍어도 무방할 것이라 봄!!

–하긴 오 씨가 유 감독의 능력을 너무 과소평가한 점은 있긴 하죠~ 자유롭게 두었으면 충분히 흥행할 영화였을 텐데 말이죠~

–오 씨가 회장일 때 촬영 첫날부터 유 감독 기선 제압 하느라 아역 배우 의상까지 트집 잡고 완전 난리가 아니었다죠?ㅋㅋㅋㅋ

–헐!!!!!!!!

–미친 개또라이가 회장을 하니 영화가 망한 거 아니겠어~ 역시 이래서 윗대가리가 누군가가 중요한 법이지!!! ㅋㅋㅋ

–지금이라도 다시 영화로 제작하게 되었으니 천만다행!!

–〈흑기사 아저씨〉 파이팅!!

-M미디어 회장 도 씨! 배포와 사업마인드 완전 멋지십니다!!ㅎ

-국민 조카인 아람 양이 유 감독 영화에 나온다니 넘나 기대되염~

-과연 유토××아역 배우가 M미디어 영화를 찍으려고 할까??

-그건 이미 그쪽과 얘기가 되었다는 말도 있던데~

-오홀! 이거 간만에 훈훈한 소식이네요! ㅎㅎ

-영화계를 위해서 유토××에서 M미디어와 손을 잡다!!

-역시 유토××가 성공하는 이유를 알겠습니다!! 쉽지 않은 결정에 박수를 보냅니다! 짝짝짝~

-양쪽 대표들 파이팅하길!!

❄

한편, 주현문 총수는 현재 도혁수의 제안으로 지병을 핑계로 일선에서 물러난 상태였다.

총수를 종이호랑이로 만들 작정에 도혁수가 그리 제안한 것이지만 그걸 주현문은 알 리가 없었다.

주현문은 명성미디어 회장 취임식에서 도혁수가 발표한 내용이 썩 마음에 드는 것은 아니나 그곳을 도혁수에게 맡긴 이상 지켜보는 수밖에 없었다.

'도혁수! 지금은 네놈이 뜻한 대로 움직이게 해 주마! 하지만 내가 성수를 취해 젊은 육신이 된다면 그때부터는 어림도

없다!'

주현문 총수는 한번 적은 영원한 적으로 생각하는 자였다.

유토피아로 인해 그동안 사위 오장환과 외손녀 오세라가 말아먹은 사업을 생각하면 이가 갈리고 치가 떨렸다.

그런 유토피아였기에 아무리 사업적으로 이익이 된다 해도 손을 잡는 것은 절대 반길 수 없었다.

하지만 지금은 도혁수의 행보에 반기를 드는 일은 자제하는 것이 좋았다.

도혁수에게 아주 중요한 일을 맡긴 상황이니 말이다.

지금은 그저 주현문이 보유한 재산을 나중에 총수가 차지할 가상 인물 천승현에게 재산을 잡음 없이 양도하는 일이 중요했다.

그것이 정리되면 도혁수가 할 일은 끝난 셈이나 마찬가지였다.

천승현에 대한 정보를 알고 있는 유일한 도혁수이니 훗날 그의 행보에 후환이 될 수도 있다는 점에 그를 제거하는 것이 답이었다.

"취임식에서 발표한 내용 때문에 자넬 불렀네."

"이제까지 해 온 영업 방식으론 계속 적자를 면치 못할 것이라 판단해서 심사숙고 끝에 내린 결론입니다. 불편하시겠지만 이해해 주셨으면 합니다."

평창동에 불려온 도혁수는 주현문 총수 앞에 고개를 조아렸지만, 지금 상황에서 총수는 결코 도혁수를 내치지 못할 것을 알고 있다.

역시 도혁수 생각대로 총수는 그가 함부로 나댄 것에 속내는 못마땅했지만 아직은 도혁수가 쓸모가 있기에 겉으론 웃는 얼굴로 응대했다.

"허허! 아닐세! 아주 잘했네! 지금은 도전 정신이 필요한 시기라고 생각하네!"

"이해해 주셔서 감사합니다, 총수님! 앞으로 더욱 총수님께 충성할 다할 것이니 믿어주십시오!"

"도 실…… 아니지, 이제는 도 회장이라고 불러야겠지. 허허! 허심탄회하게 하는 말이나 내가 세상에서 유일하게 믿고 있는 도 회장일세! 명성미디어 운영에만 너무 매달리지 말고 금융 쪽도 신경을 써 주게나. 내가 현재 지병으로 일선에서 물러난 상태이니 말일세. 자네 말고는 아무도 믿을 사람이 없다네. 그러니 내가 천승현으로 살게 되기까지는 자네가 명성그룹의 총수나 마찬가지라고 생각해도 좋다네."

"유념하겠습니다, 총수님!"

주현문 총수는 공석의 자리인 명성그룹의 총수 대행으로 도혁수를 내정했다.

그로 인하여 도혁수는 명성미디어 회장과 명성그룹의 총수대행을 겸하게 되었다.

명성그룹은 미디어 외에도 금융, 증권, 보험, 은행을 계열사로 두고 있다.

그중에서 가장 핵심 사업은 명성금융이기에 세간에선 명성그룹을 곧 명성금융으로 칭하기도 했다.

하여간 이번 일로 주현문 총수는 한편으론 도혁수에게 호랑이 등에 날개를 달아 준 셈이었다.

부르릉!

평창동을 벗어난 도혁수.

그의 입가에 조소가 맺혀 있음을 엿볼 수 있었다.

총수는 성수를 취하여 새로운 인생을 살 것에 눈이 멀어 복수의 칼을 갈고 있는 도혁수를 전혀 눈치채지 못하고 있었으니 말이다.

끼이익!

도혁수가 몰고 온 차량이 한강변에 도착했다.

어둠 저편 가로등 불빛이 흘러나오는 곳에 세워진 승용차를 향해 도혁수가 산책을 하듯이 천천히 움직였다.

그러고는 그 차에 이르자 조수석에 올라타게 되었다.

그렇게 도혁수가 탑승한 차 안의 운전석엔 유토피아 대표 석기가 앉아 있었다.

도혁수는 잠시간 석기에게 주현문을 방문해서 나눈 얘기를 하나도 빠짐없이 보고했다.

사실 석기는 전화로 보고받아도 되었지만 오늘은 직접 도혁수의 얼굴을 보고 그가 명성미디어 회장이 된 것을 축하해 주고 싶었다.

"축하드립니다. 지금은 비록 회장 자리에 불과하나 총수가 처리되고 나면 그곳은 영원히 도 회장님의 사업체가 될 겁니다. 또한 그곳의 사업을 키워 나가는 데에 저도 최대한 조력을 아끼지 않을 생각입니다."

"감사합니다. 모두 신 대표님 덕분입니다."

"아닙니다. 어차피 도혁수 씨 집안에서 시작한 명성이란 상호이니 한 곳이라도 명성의 상호를 남기는 것도 바람직한 일이니까요."

"하면 명성그룹은 천운그룹으로 변경되게 되겠군요."

"그렇게 되겠죠. 새해가 되면 그때는 명성그룹은 천운그룹으로 바뀌게 될 겁니다. 그때까지 총수가 딴짓을 못하게 조심해야 할 겁니다."

"다행히 현재 총수는 성수에 꽂혀 저희 계획을 전혀 의심하지 못하고 있습니다."

도혁수 말에 석기가 피식 웃었다.

주현문 총수는 성수를 취할 날을 손꼽아 기다리고 있을 터.

하지만 그날이 바로 총수의 장례식이 되는 날임을 알 리가 없을 것이다.

"그리고 〈흑기사 아저씨〉도 슬슬 촬영 준비를 서두르는 것이 좋겠습니다. 〈엄마 찾기〉는 내일 크랭크아웃에 들어갈 테니 말이죠."

"안 그래도 유 감독이 아람 양을 영화에 출연시킬 생각에 잔뜩 기대를 하고 있답니다."

"지금은 8월. 그렇다면 〈엄마 찾기〉는 11월에 상영관에 배포하면 될 테고, 〈흑기사 아저씨〉는 9월부터 촬영에 들어가서 내년 하반기에 상영을 하면 적당하겠군요."

"저도 그렇게 알고 있겠습니다."

"참, 이건 성수입니다. 명성미디어 회장은 물론이거니와 앞으로 명성그룹 총수 대행까지 맡으시게 되었으니 더욱 바빠질 겁니다. 지금 이 자리에서 마시도록 하세요."

"감사합니다, 신 대표님!"

도혁수는 석기가 내민 생수병을 감격한 기색으로 쳐다봤다.

주현문 총수가 비밀금고에 숨겨 놓은 성수와는 비교가 되지 않지만 그래도 최상의 컨디션을 유지하게 해 주는 성스러운 물이었기에.

꿀꺽꿀꺽!

도혁수는 석기에게 받은 생수병의 물을 시원하게 들이켰다.

겉으로는 유토피아 생수로 포장되어 있지만, 석기가 건네는 생수는 시중에 판매되는 것보다 성수의 분포가 더욱 많은 물임을 알고 있다.

"하아!"

그렇게 생수를 마시고 나자.

단번에 머릿속이 맑아지고 전신에 기운이 충만해진다.

아무리 단단한 마음을 지닌 도혁수라고 할지라도 그도 사람이다. 총수 주현문을 대하는 일에 스트레스를 받지 않을 수가 없었다.

하지만 석기의 배려로 스트레스를 받은 신체가 한 방에 회복되었다.

"그럼 나중에 다시 봅시다!"

도혁수가 차에서 내리자 석기는 차를 몰고 한강변을 벗어났다.

명성그룹을 천운그룹으로, 그렇게 바꿀 것이다.

그것이 석기의 복수였다.

그렇게 되면 주현문 총수의 혼외자로 밝혀진 천승현이 천운그룹의 총수가 될 터.

하지만 천승현은 바로 석기.

이제는 외모 변형이 가능한 경지까지 도달한 것이다.

필요에 따라 천승현이 될 수도 있고 석기로 지낼 수도 있다.

–마스터! 천운그룹의 총수가 된다면 지금 유토피아는 어떻게 하실 생각이십니까?

블루의 음성에 석기가 웃으며 답했다.

'지금 유토피아는 박창수에게 넘겨줄 생각이야. 엔터와 제 작사 쪽은 명성미디어와 합병하게 될 테지만, 화장품과 생수 사업은 계속 유토피아에서 이어 갈 거고.'

─그렇게 되면 유토피아 사업은 마스터께서 꾸준히 관심을 가져 주셔 야만 할 겁니다.

'당연히 그래야겠지. 성수를 이용한 사업은 내가 손을 떼 면 그 가치가 단번에 하락할 테니까.'

어찌 보면 유토피아의 가장 핵심 사업은 바로 생수라 봐도 좋았다. 어려운 처지에 놓인 사람들도 돕고, 생수를 팔아 돈 도 벌고 그것이 바로 석기가 원하는 일이다.

박창수라면 훌륭하게 유토피아를 잘 꾸려 갈 것이라 믿었 다.

과거에 박창수 부친에게 받은 은혜를 갚는 것으로 유토피 아를 안겨 주는 일로는 부족했지만 박창수 성격에 너무 과한 공은 오히려 부담으로 여길 테니 말이다.

또한 박창수에게는 부친이 과거에 했던 일을 영원히 석기 혼자만이 아는 비밀로 가져갈 생각이다.

다음 날.
드디어 〈엄마 찾기〉 크랭크아웃에 들어갔다.

"오케이이이! 컷! 고생하셨습니다!"

마지막 씬에 오승찬 감독의 우렁찬 오케이 사인이 터졌다.

촬영장에 모인 모두가 즐겁게 환호성을 지르며 박수를 보냈다.

'멋진 아우라다!'

석기도 촬영장에 참석했다.

모두가 한마음으로 최선을 다해서 영화를 찍어서 그런지 촬영장 허공에 신비로운 아우라가 무지개처럼 쫘악 펼쳐져 있다.

물론 그걸 볼 수 있는 인물은 석기뿐이었지만.

'이번 영화 정말 대박이 나겠군.'

석기는 저만치서 달려오는 아역 배우 박아람을 환하게 웃으며 쳐다봤다.

전에 백숙을 함께 먹고 나서 마치 석기의 조카처럼 부쩍 친해진 두 사람 사이였다.

아역 배우 박아람.

박아람은 조만간 유명우 감독의 〈흑기사 아저씨〉에 합류하게 되는 것을 매우 기쁘게 받아들였다.

✤

××요양원.

경기도 일대의 한적한 곳에 위치한 요양원으로 이곳에 주현문 총수의 사위인 오장환이 입원 중인 상태였다.

그는 침대에 손과 발이 묶인 상태로 침을 줄줄 흘리고 있었다.

바로 그때였다.

철커덩!

오장환이 갇힌 병실의 문이 열리며, 안으로 하얀 가운을 걸친 의사와 시커먼 정장 차림새의 사내들이 우르르 들어왔다.

"오장환 씨를 다른 요양원으로 옮길 테니 준비하세요!"

침대에 묶였던 오장환은 휠체어로 옮겨졌다.

사내들이 휠체어에 앉은 오장환을 밖에 세워 놓은 차로 이동 시켰다.

부르르릉!

오장환을 태운 승합차가 요양원을 떠났다.

오장환이 향하는 목적지는 바로 주현문 총수의 외손녀 오세라가 갇혀 있던 서해에 위치한 섬이었다.

그랬기에 오장환을 태운 차가 인천 부두에 도착하자 그곳에 대기하고 있던 이들에 의해서 오장환은 다시 배로 옮기게 되었고, 결국은 딸과 함께 섬에 갇혀 지내는 신세가 되었다.

만일 정상적인 상태였다면 섬에 갇히게 된 상태에 오장환은 입에 게거품을 물고 난동을 피웠겠지만, 백치가 되어 버린 탓에 그는 섬에 옮겨진 것을 아무런 반항도 하지 않고 받아들이게 되었다.

화무십일홍이란 말처럼.

한때는 세상을 손에 거머쥔 것처럼 안하무인격으로 굴던 인간이었지만 결국은 섬에 갇히는 처지가 되었다.

오장환도, 딸 오세라도 뿌린 대로 거둔 셈이었다.

❀

평창동 대저택.

주현문 총수의 자택에 들어선 도혁수. 오장환이 섬에 갇히게 된 것을 주현문 총수에게 보고를 하고자 찾아왔다.

물론 그것 이외에도 사업적으로 총수에게 보고할 것도 있긴 했지만.

"총수님 사위인 오장환 씨가 외손녀 오세라 씨가 있는 섬에 무사히 도착했다고 합니다."

"어차피 인간 구실도 못하게 된 상황이니 그놈도 요양원보다는 딸과 함께 섬에서 지내는 편이 외롭지 않고 좋을 거야."

주현문 총수는 오장환이 섬으로 옮겨진 것에 어떤 안타까움이나 일말의 죄책감도 갖지 않았다.

오히려 골칫거리를 치웠다는 생각인지 속이 시원하다는 기색처럼 보였다.

이제 총수에게 가족 따위는 아무런 의미가 없었고, 있어도 걸림돌이나 다름없다고 생각했기에 눈에 안 보이는 곳에 치우고 싶을 뿐이었다.

성수를 취하고 젊어진 육신이 된다면…… 이미 돈은 잔뜩 벌어놓았겠다, 젊고 예쁜 여자와 결혼을 해서 새로운 육신에 걸맞게 즐기며 사는 인생을 살고 싶었다.

잠시 몽롱한 표정으로 미래에 세상을 호령할 상상을 하던 주현문이 다시 정신을 차리고는 도혁수를 향해 물었다.

"그나저나 이제 연말까지 석 달 정도가 남았군. 자산 정리는 어떻게 되어가고 있는가?"

"공식적으로 알려진 자금 문제는 모두 정리가 끝났습니다. 이제는 총수님께서 보유하신 사적인 자산만 처리하시면 됩니다."

참고로 주현문 총수가 보유한 공식적인 자산 규모의 가치는 대략 100조에 해당되었다.

총수가 보유하고 있던 명성금융의 지분을 비롯하여 나머지 명성그룹의 계열사가 보유한 지분까지 합친 자산인 셈이다.

더구나 100조 중에서 90% 정도가 현금으로 쉽게 전환할 수 있다는 점에서 괜히 국내의 기업가들 사이에서 현금부자라는 소리가 나오는 것이 아니었다.

"사적인 자산 문제라면 스위스 은행에 보관 중인 비자금만 천승현의 이름으로 옮겨 놓도록 하지. 그것을 제외한 나머지 자산은 군이 명의 변경을 하지 않더라도 뒤탈이 없으니 말일세."

주현문 총수가 스위스 은행에 보관 중인 비자금은 20조에 해당하는 액수였다.

그걸 모두 천승현의 명의로 옮겨지게 될 터.

물론 총수의 개인 금고에 보관 중인 자산은 그것보다 몇 배로 크다고 봐도 되었다.

산처럼 수북하게 쌓인 금괴를 비롯하여 수십억 대를 호가하는 그림과 도자기들까지 합치면 대략 50조에 해당하는 가치가 총수의 비밀 금고에 숨겨져 있는 셈이었기에.

게다가 그것들은 명의 변경이 필요 없었기에 누군가 손에 쥐는 사람이 임자였다.

그랬기에 만일 총수가 사라진다면 개인금고에 숨겨 놓은 자산은 모두 도혁수와 손을 잡은 석기의 몫이 될 수도 있다.

그 점에 대해 도혁수는 전혀 탐욕을 부리거나 시기를 하지 않는 성격이란 것이다.

그의 수중에 이미 명성미디어가 들어온 셈이었고, 석기로 인해 과거에 억울하게 주현문에게 죽임을 당한 부모에 대한 복수를 할 수 있었으니 그걸로 충분히 만족했다.

"총수님께서 허가해 주셨으니 스위스 은행의 비자금은 빠른 시일 안에 처리토록 하겠습니다. 하면 이제 마지막 단계

인 총수님 장례식을 정하는 일이 남았습니다. 언제가 좋으실
지 말씀해 주시면 그것에 맞춰 준비하도록 하겠습니다."

주현문 총수는 이미 지병을 핑계로 일선에서 물러난 상
태였고, 조만간 날을 잡아 그의 가짜 장례식을 치르게 될
것이다.

"흐음."

주현문의 눈빛이 반짝였다.

무슨 음모를 꾸미려는 사람처럼 말이다.

그러더니 기껏 꺼내는 말이…….

"오 감독 영화 〈엄마 찾기〉를 명성 배급사에서 대대적으
로 배포해 주기로 했다면서?"

"그렇습니다. 사업의 흑자를 위해서 적아를 떠나 이용할
수 있으면 최대한 이용할 생각에서 그리 조치했습니다."

"오 감독의 영화가 크게 흥행을 할 것이라는 소문이 자자
하던데, 자네도 그렇게 생각하나?"

"물론입니다. 조만간 영화 시사회를 통해 흥행 여부에 대
한 판단이 더욱 확실하게 설 것이나, 현재 충무로의 반응을
보아선 다들 천만 관객의 영화가 될 것이라고 확신하는 분위
기입니다."

도혁수의 말을 들은 주현문 총수의 눈썹이 꿈틀거렸다.

불쾌하다는 의미였다.

외손녀 오세라가 시도했던 영화는 중도 하차를 하여 투자

금도 건지지 못했는데, 상대의 영화는 천만 관객을 운운하니 말이다.

"그 영화는 언제 상영관에 개봉할 예정인가?"

"얼마 전에 스카이제작사와 상의한 결과 수능이 끝난 다음 날로 영화를 배포하는 것으로 일정을 잡은 상태입니다."

"수능이 끝난 다음 날? 그렇다면 내 장례식도 그때로 잡는 것도 괜찮겠군. 이왕 화제 몰이를 할 바에는 화끈하게 한 꺼번에 터트리는 것이 대중 뇌리에 더 기억에 박힐 테니 말일세."

참 비열한 주현문 총수였다.

도혁수가 회장 취임식 날에 명성미디어 사업을 흑자로 돌리기 위해 적아의 구분 없이 이익이 된다면 얼마든지 적과도 손을 잡겠다고 선언했다.

그걸 증명하고자 명성과는 라이벌 관계인 스카이제작사에서 만든 〈엄마 찾기〉를 명성 배급사에서 나서서 상영관을 배포해 주기로 결정이 난 상황이었다.

만일 오세라가 명성미디어 회장 자리를 계속 차지하고 있었다면 어림 반 푼어치도 없는 일이긴 했다.

오히려 〈엄마 찾기〉의 상영을 방해하고자 명성 배급사에서는 상영관을 일절 배포하지 않을 것이며 다른 배급사까지 손을 뻗어 방해 공작을 펼치려 들 것이니 말이다.

그런 점에서 주현문 총수도 같은 심보였다.

그는 도혁수가 하는 사업을 배려해 줄 마음이 없었다.

그래서 일부러 〈엄마 찾기〉 영화가 개봉하는 날에 맞춰 총수의 장례식을 치르겠다고 나온 것이다.

〈엄마 찾기〉가 흥행하는 꼴을 봐주기 싫었기에 말이다.

'역시 신 대표님 말대로 예상을 벗어나지 않는군.'

실은 도혁수는 어제 석기와 총수의 장례식 문제로 통화를 나눴다.

석기는 총수가 결코 명성 배급사의 상영관을 라이벌 영화에 내주는 것을 흔쾌히 여길 리 없을 테니, 비열한 총수의 성격상 어쩌면 〈엄마 찾기〉 개봉 날에 맞춰서 장례식을 치르겠다고 나올 수도 있다고 했던 것이다.

재미있게도 그런 석기의 예측이 딱 맞았다.

석기는 총수가 원하는 대로 해 주라고 했다.

어찌 보면 그것이 차라리 효과적이라고도 했다.

총수의 장례식은 가짜 장례식이 될 테지만 세상에서는 그리 인식하지 않을 것이니 말이다.

총수 주현문은 장례식을 치른 이상 죽은 사람으로 여겨질 터.

그런 의미에서 총수가 죽었다는 것을 확실하게 세상에 공표하기 위해서라도, 총수의 장례식을 〈엄마 찾기〉 개봉 날과 같은 날로 잡는다면 더욱 세간의 이슈 거리로 작용할 수 있을 것이라고도 했다.

심지어 〈엄마 찾기〉 개봉을 방해하려는 총수의 심보와는 달리 오히려 그날 장례식을 치른 것에, 총수가 영화의 성공을 질투하여 하필 그날 죽었다는 재미있는 소문이 떠돌 수도 있을 것이라고도 했다.

석기와 나누었던 대화를 떠올린 도혁수의 눈빛이 차갑다.

"총수님께서 그날로 원하신다면 그렇게 장례식 일정을 정하도록 하겠습니다. 배급사로 돈을 벌어들이는 일도 중요하지만, 그것보다 솔직히 총수님의 장례식이 더욱 중요한 일이니 일정에 차질이 없도록 만반의 준비를 하겠습니다."

도혁수는 총수가 원하는 대로 들어줄 작정에 토를 달지 않았다.

"허허허! 역시 이래서 내가 자네를 믿고 일을 맡기는 걸세. 비록 내 장례식이 가짜로 치르는 장례이나 세상 사람들에게는 내가 죽은 몸으로 치부되는 셈이니 온 세상에 떠들썩하게 알려야 하지 않겠는가?"

총수 주현문은 가짜 장례식을 무슨 이벤트 행사처럼 여기고 있는지 흥분한 기색이었다.

"지당하신 말씀이십니다!"

그런 총수의 분위기에 도혁수는 더욱 공손하게 나왔다.

자승자박이다.

가짜 장례식은 결국은 나중에 총수가 세상에서 사라진 것에 대한 의혹을 묻어버리는 훌륭한 방어막이 되어 줄 수도 있을 터. 속으로 코웃음을 친 도혁수가 총수를 향해 고개를 숙였다.

"그럼 이만 가 보겠습니다."

평창동을 나온 도혁수.

그는 총수 주현문이 스위스 은행에 보관한 비자금을 천승현의 계좌로 옮기는 일과, 총수의 장례식 날짜를 수능 다음 날로 잡게 된 것에 석기에게 보고했다.

이에 석기는 예상을 벗어나지 않는 총수의 행동에 통쾌한 기색으로 잘되었다고 말했다.

❈

영화 시사회장.

스카이제작사 행사홀에서 〈엄마 찾기〉 시사회를 갖게 되었다.

수많은 사람들이 시사회장에 초대되었다.

이번 영화에 거는 기대감이 컸기에 스카이 쪽에선 대대적인 홍보를 위해 영화평론가를 비롯하여 기자들도 잔뜩 초대했다.

또한 스카이에서 만든 작품임에도 명성미디어 회장이 된 도혁수에게도 시사회 초대장을 보낸 상황이었고, 도혁수는 기꺼이 시사회장에 얼굴을 비추었다.

처억!

스카이제작사 대표와 도혁수가 악수를 나누는 장면에, 기자들이 카메라 플래시를 터트렸다.

찰칵찰칵! 번쩍번쩍!

또한 유토피아 대표 석기.

그도 시사회장에 당연히 참석했다.

〈엄마 찾기〉의 여자 주인공이나 다름없는 박아람 아역 배우의 손을 잡고 행사홀에 등장한 석기의 모습을 기자들이 카메라를 들이댔다.

도혁수가 시사회장에 참석했다는 것에 석기의 반응이 궁금했던지 기자 하나가 질문을 시도했다.

"유토피아 신석기 대표님! 오늘 시사회에 명성미디어 도혁수 회장님도 참석한 것으로 알고 있습니다! 그동안 유토피아와 명성의 관계가 서로 좋지 못한 상태였는데 시사회장에 도혁수 회장님이 참석한 것을 어떻게 생각하십니까?"

기자의 질문에 석기는 빙그레 웃으며 답했다.

"명성 배급사에서 〈엄마 찾기〉를 위해 상영관을 대대적으로 배포해 주시겠다는 소식 들었습니다! 저 역시 도 회장님과 마찬가지로 사업을 하는 사람입니다! 라이벌 관계를 떠나 사업에 흑자가 될 수 있다고 판단하면 적이라도 기꺼이 손을 잡겠다는 도 회장님의 마인드를 높게 평가하는 바입니다! 만일 〈엄마 찾기〉가 흥행에 크게 성공할 수 있게 된다면 도 회장님의 덕분이라고 볼 수도 있을 겁니다!"

석기가 기자들과의 인터뷰가 끝나자 도혁수가 주위로 다가와 석기에게 악수를 청했다.

"만나 뵙게 되어 반갑습니다!"

"시사회장에 오신 것을 환영합니다!"

둘은 주현문 총수를 무너뜨리기 위해 서로 손잡은 같은 편.

하지만 이곳에선 그건 비밀이었다.

여행을 떠나다

〈엄마 찾기〉 시사회가 끝났다.

영화평론가들의 반응도 좋았고, 기자들도 천만 관객을 넘길 영화라고 생각하는 눈치였다.

심지어 명성미디어 회장이 된 도혁수의 요청으로 〈흑기사 아저씨〉를 다시 찍게 된 유명우 감독도 시사회에 참석하게 되었는데 그 역시도 〈엄마 찾기〉를 높게 평가했다.

저녁이 되어 시사회장에 참석했던 기자들의 영화 시사회 후기가 하나둘 블로그에 올라오기 시작했다.

국민 조카 박아람 아역 배우! 〈엄마 찾기〉에서 박아람 아역 배우가 보여 준 연기는 기대 이상이었다. 이번 영화로 박아람 아역 배우는 대중에 확실하게 눈도장을 찍게 될 것이라 본다.

〈엄마 찾기〉에 출연했던 연기자들이 박아람 아역 배우를 연기 천재라고 칭할 정도로 영화평론가들에게도 박아람 아역 배우의 연기에 대해 후한 평가를 받게 되었다.

이번 영화가 처음으로 찍는 영화임에도 박아람 아역 배우는 신인답지 않게 작품에서 보여 줄 수 있는 감정의 깊이를 확실하게 보여 주었다고 본다.

인간의 본원적인 감정을 파헤쳐 예술의 경지로 이끄는 작품을 찍는 것을 선호하는 오승찬 감독의 영화답게 이번 영화도 대중의 감정을 쥐락펴락하는 것에 성공했다고 볼 수 있다.

〈엄마 찾기〉에 대한 기자들의 호의적인 시사회 후기에 대중도 뜨거운 관심을 보여 주었다.

　-오홀! 시사회 후기 완전 대박!
　-오 감독이 찍은 영화라면 중박은 되겠군요!ㅎ
　-중박이라니ㅋㅋ 그 이상의 영화가 될 것이라는 소문이 자자하던데~
　-맨날 때려 부수는 영화만 보다 오랜만에 사람의 심금을 울리는 영화가 등장한 것에 박수를 보냅니다!
　-질질 짜는 영화 개별로던데ㅋ
　-오 감독 영화는 눈물은 뽑아내도 수준이 다를걸요.

-인정! 영화에 깊이가 있죠!!

-속는 셈치고 한번 봐 봐?ㅎㅎ

-절대 후회하지 않을 겁니다!!

-영화 개봉은 언제 한다죠?

-수능 끝난 다음 날 개봉!!!!!

-고딩들 박 벌어지겠는데요?ㅋ

-학교에서 단체 상영각 영화!!

-조조가 불이 나겠네여~ㅋ

-근데 고딩들이 과연 오 감독 영화를 선호할까 모르겠네~ㅋㅋ

-고령층에게나 인기 있는 영화ㅋ

-그래도 혹시 모르는 일이죠ㅎ

-영화가 잼있음 장땡 아닌가??

-시사회 평이 좋으니 개봉하면 한번 보러갈 생각은 있음!

-옛날에 어린애가 나오던 〈시골집으로〉 영화랑 비슷한 분위기 일라나??

-그거 저희 학교에서 단체로 갔는데 의외로 감동적이었음! 애가 간장치킨을 찾는데 백숙에다 간장을 내놓은 할매 땜시 완전 웃겼음!!

-그 정도 영화라면 봐도 무방!!

-오 감독 영화라면 그것보다 더 잘빠졌을 것이라 믿음!!

-이건 궁금해서 그런데여~ 영화 제목이 〈엄마 찾기〉인데 애가 나중에 엄마를 찾긴 하는 건가??

-그건 나중에 영화를 보면 알 듯~

-열린 결말이라는 말도 있던데…….

-그럼 영화를 본 관람객들에게 각자 마음대로 해석하라는 의미 겠네~

-열린 결말로 끝낸 것에 이유가 있다죠?

-맞아요. 영화 찍은 아역 배우가 실제로 엄마랑 헤어진 상태라고 들었어요. 아람 양을 위해서 〈엄마 찾기〉를 응원합니다!!

-저도 응원합니다!!

-아람 양! 엄마를 꼭 찾으세요!

-국민 조카 아람 양! 파이팅!

  과거에 상영한 적이 있던 〈시골집으로〉에 대한 향수 때문인지 네티즌들이 갈수록 뜨거운 관심을 보여 주었다.

  몇몇 부정적인 네티즌들의 반응도 있긴 했지만 전반적으로 〈엄마 찾기〉에 대한 반응은 긍정적이라 볼 수 있었다.

  특히 박아람이 과거에 엄마가 집을 떠나 할머니와 단둘이 산다는 소식이 퍼졌다.

  그러자 대중은 박아람이 이번 영화를 통해 정말로 엄마를 찾기를 바란다는 차원에서 응원의 메시지을 보냈다.

  그렇게 인터넷 여론은 누가 시키지도 않았는데도 영화를 홍보해 주는 분위기로 흘러갔다.

유토피아 대표실.

석기는 박아람 아역 배우와 채현우 사장을 대표실로 불러들였다.

"채 사장님! 아람 양의 두 번째 작품이 될 〈흑기사 아저씨〉는 〈엄마 찾기〉 영화가 개봉되고 나서 천천히 들어가기로 얘기가 되었습니다. 그러니 그때까지 아람 양이 충분히 휴식을 취할 수 있도록 신경을 각별히 써 주세요."

"그러도록 하겠습니다."

"그리고 아람양도 너무 무리하게 작품에 욕심을 부리지 말고 당분간은 할머니와 지내면서 맛있는 것도 먹고 즐겁게 지내면 좋겠네요."

"네! 대표님! 헤헤!"

영화를 찍고 나서 박아람을 알아보는 사람들이 많아졌다.

게다가 아이의 엄마가 과거에 집을 나간 것이 알려지면서 아이를 측은하게 생각하는 사람들이 여러 가지 물자를 지원해 주기까지 했다.

워낙 아이의 맨틸이 강하다 보니 사람들의 떠들썩한 반응에 스트레스를 받지 않고 오히려 사람들이 자신을 알아봐 주는 것을 즐거워하는 분위기였기에 그나마 다행이긴 했다.

그때였다.

똑똑!

비서가 안으로 들어와 손님이 찾아온 것을 알렸다.

"대표님! 손님이 찾아오셨는데 어떻게 할까요?"

"누구라고 하던가요?"

"자세한 것은 대표님을 만나서 말씀을 드리겠다고 해서 요."

"혹시 여자 분이신가요?"

"그게……."

비서가 말끝을 흐리며 박아람을 힐끗 눈치 보듯이 쳐다봤다.

[어쩌면 찾아온 손님이 아람 양 엄마일 수도.]

비서의 속마음을 들은 석기의 눈빛이 반짝였다.

사실 박아람이 〈엄마 찾기〉를 찍게 된 것은 배우가 되고 싶다는 꿈을 이루고 싶은 것도 있지만, 엄마를 찾고 싶다는 소망도 포함되어 있었다.

과거에 집을 나간 엄마가 영화를 보고 집으로 돌아오기를 바라는 마음이 컸다.

석기도 내심 그런 측면을 기대했다.

〈엄마 찾기〉 영화가 개봉되어 박아람 엄마가 영화를 보거나, 아니면 영화를 보지 못했더라도 주변 사람들에게 박아람이 출연한 영화에 대한 소식을 듣게 된다면, 어쩌면 그녀가 아이를 찾아올지도 모른다는 생각을 하긴 했다.

"그분을 회의실로 모시세요."

"알겠습니다."

석기는 비서가 밖으로 나가자 맞은편에 자리한 박아람에게로 고개를 돌렸다.

눈치가 빠른 아이였다.

찾아온 손님이 여자라는 것과 비서가 말끝을 흐리며 아이의 얼굴을 눈치 보듯이 쳐다봤다는 것에, 이미 아이는 뭔가를 짐작한 눈치였다.

입술을 꼭 깨물고 있는 아이의 눈동자가 파르르 떨고 있다.

박아람 역시 〈엄마 찾기〉를 찍고 나서 가장 기대한 것이 바로 엄마가 집으로 돌아오는 일일 터.

하지만 이곳을 찾아온 손님이 박아람 엄마일 수도 있지만 아닐 수도 있다는 것에 차마 아이는 입을 열기가 불안했던 모양인지 석기의 얼굴을 빤히 쳐다봤다.

"아람 양은 여기서 기다리고 있어요. 잠시 나가서 손님을 만나고 올 테니까요."

"네에."

박아람이 풀 죽은 목소리로 대답하곤 고개를 푹 숙였다.

속이 잔뜩 타 들어갈 터.

그럼에도 아이는 내색하지 않고 조용히 대표실에서 기다
릴 생각이다.

채현우 사장이 그런 박아람 머리를 한번 쓰다듬어 주고는
석기를 향해 말했다.

"신 대표님! 제가 아람 양과 함께 있을 테니 나가 보세요."

"그럼 아람 양을 부탁해요."

석기는 대표실에서 나왔다.

찾아온 손님을 대표실로 들게 할 수도 있지만, 그 전에
정말 찾아온 손님이 박아람 엄마라면 그녀에게 할 말이 있
었다.

형편이 어려울 때는 집을 나간 엄마가 아이가 배우로 성공
하자 찾아온 것이다.

그것에 아이가 상처를 받지 않도록 해 줄 필요가 있었다.

비록 거짓이라도 좋으니 박아람 엄마가 아이를 찾아온 이
유가 돈이 아니라 사랑 때문이었다고 아이에게 심어줄 생각
이었다.

드르륵!

석기가 회의실 안으로 들어섰다.

테이블에 불안한 표정으로 자리한 삼십대 여자가 보였다.

행색도 초라하고 안색도 좋지 못했다.

스물에 아이를 낳은 그녀는 박아람이 다섯 살 되던 무렵에
남편이 배달하다가 사고로 세상을 뜨자 생활고에 시달리다

그만 집을 나갔다고 한다.

그때 그녀의 나이는 스물다섯 살.

없는 형편이었기에 그녀가 돈을 벌어서 시어머니를 모시고 아이까지 키워야 하는 삶이 감당하기 어려웠을 수도 있다.

"유토피아 대표 신석기입니다!"

석기의 인사에도 여자가 울어서 그런지 잔뜩 충혈된 눈으로 그를 쳐다봤지만 차마 자신의 정체를 밝히지 못하고 있었다.

[이제 와서 내가 아람이 엄마라고 어떻게 말을 해. 변명 같지만 그때는 도저히 살아갈 자신도 없고 너무 겁이 났거든. 결국 아이를 버린 죄로 죽을병까지 걸리고 말았지만. 이제 내가 살날도 얼마 남지 않았고…… 죽기 전에 마지막으로 우리 아람이를 내 품에…… 꼭 한 번만이라도 좋으니 안아 보고 싶어서 찾아오기는 했는데…….]

여자의 속마음이 처절하게 들렸다.

'살날이 얼마 남지 않았다고?'

여자가 굳이 석기를 만나고자 이곳을 찾아온 이유를 알 것도 같았다.

도움을 청하려는 것일 터.

무작정 박아람을 만나려 했다가 아이가 그녀를 보고 싶지 않다고 할 수도 있을 것에, 석기의 중재로 제발 죽기 전에 마지막으로 아이를 한 번만 만날 수 있게 해 달라고 애원하고자 찾아온 것일 터.

─마스터! 여자의 몸에서 인체에 유해한 성분을 발견했습니다!

'인체에 유해한 성분?'

─여자의 몸에 흐르는 피에 문제가 있습니다. 의사들은 아마 불치병으로 판정을 내렸을 겁니다.

'혹시 치료가 가능한 병인가?'

─고농도 성수를 일주일 정도 복용한다면 얼마든지 치료가 가능한 병입니다.

'그렇다면 다행이군.'

겨우 박아람이 엄마를 찾았는데 불치병으로 그녀가 얼마 살지 못하고 죽게 된다면, 차라리 찾지 못한 것만 못한 일이 될 수도 있다.

아이의 가슴에 영원히 지울 수 없는 상처로 남을지도 모르는 일이니까.

"혹시 아람 양의 어머님이십니까?"

"……."

여자가 여전히 입을 다물고 대답을 하지 않았다.

이곳에 찾아오긴 했지만 지금에 와서 자신이 박아람의 엄마라고 밝히는 것이 염치가 없는 일이라고 여기는 눈치였다.

석기는 일부러 그런 그녀의 말문을 트게 하고자 도발하듯이 나왔다.

"영화를 찍었다는 소문을 듣고 아람 양을 찾아오신 건가요? 아이가 돈이 된다고 생각해서 말이죠."

석기의 말에 말없이 눈물만을 참는 그녀.

동시에 그녀의 속마음이 들렸다.

[다들 제가 아람이를 찾아온 것을 돈 때문이라고 여길 테죠. 오해를 받아도 싸죠. 그동안 우리 아람이를 몰래 지켜보고 있었어요. 죽을병에 걸린 것을 알게 되자 아이에게 돌아가고 싶어도 그럴 수가 없더라고요.]

더는 여자와 밀당이 필요 없다고 여긴 석기는 솔직하게 나왔다.

"아람 양이 엄마를 몹시 그리워하고 있습니다. 이곳에 오신 것은 제게 도움을 청할 일이 있어서일 거라고 생각합니다."

"흐으윽!"

석기의 말에 결국 그녀가 참았던 눈물을 보이고 말았다.

"흑! 저 같은 것은 죽어도 쌉니다! 그 어린아이를 버리고…… 저 혼자 잘먹고 잘살겠다고 비겁하게 집에서 도망쳤어요. 정말 잘못했습니다. 용서해 주세요. 제가…… 잘못했습니다. 으흐흐흑!"

여자는 눈앞의 석기에게 손이 발이 되도록 싹싹 빌면서 용서를 구했다.

삐쩍 마른 몸이며, 허름한 옷차림새며…… 그동안 그녀가 살아온 삶이 어떠했을지 짐작이 가고도 남았다.

"그만 우세요. 이곳을 찾아오시길 잘하셨어요. 당분간 제 말대로 따라 주신다면 아람 양과 함께 살 수 있도록 도와드리겠습니다! 그렇게 하시겠습니까?"

그녀는 눈물로 흥건해진 눈동자로 석기의 얼굴을 빤히 주시하다가 그가 그녀를 진심으로 도와주려 한다는 것을 눈치채곤 열심히 고개를 끄덕거렸다.

"따르겠어요. 단 하루라도 좋습니다. 우리 아람이를 제 품에 안고 하루, 아니 1분이라도 함께 지낼 수 있다면…… 원이 없겠습니다."

박아람이 〈엄마 찾기〉에 출연한 덕분에 결국 그녀에게도 기적이 일어난 셈이었다.

석기의 도움으로 그녀의 불치병이 모두 낫게 될 테니 말이다.

❈

박아람의 어머니 이름은 이영실.

불치병에 걸린 이영실을, 블루의 조언대로 유토피아 힐링센터에서 일주일 동안 치료하기로 결정했다.

물론 그 전에 석기는 박아람을 따로 만나 면담을 갖게 되었다.

영특한 아이였기에 석기가 왜 면담을 하려는 건지 눈치를 챈 기색이다.

하지만 박아람이 자신을 버리고 떠난 엄마를 어떻게 생각하는지…….

다시 아이의 품으로 엄마가 돌아오게 된다면 그걸 받아들일 마음이 있는 건지…….

직접 박아람의 입을 통해 듣고 싶었다.

"아람 양! 엄마를 만나게 된다면 무슨 말을 하고 싶어요?"

"많이 보고 싶었다고…… 정말 사랑한다고 말하고 싶어요."

"엄마가 아람 양을 버리고 집을 떠난 것에 대해서 쉽게 용서가 되나요?"

"네! 저는 엄마를 용서할 수 있어요! 우리 엄마니까요! 엄마가 옛날에 나를 버린 것은 너무 슬픈 일이었지만…… 지금은 이렇게 멋진 대표님을 만나서 영화도 찍고 맛있는 것도 실컷 먹을 수 있게 되었잖아요. 하지만 우리 엄마는…… 잘 있지 못했을 거예요. 그래서 제가 마음 넓게 엄마를 용서하는 것이 좋겠다고 생각했어요."

눈물이 그렁그렁 맺힌 박아람.

〈엄마 찾기〉란 영화를 찍었던 것이 한편으론 박아람이 엄마를 쉽게 용서할 수 있게 되는 이유가 되었다.

영화를 찍으면서 엄마 역할을 맡은 배우가 했던 열연을 떠올리자 엄마의 심정이 이해가 되었다.

오죽했으면 엄마란 사람이 아이를 버리고 달아날 생각을 했을까.

자신이 없었을 것이다, 살아갈 자신이.

그래서 박아람은 엄마를 이해해 주기로 했다.

아이의 눈에 맺힌 눈물을 손수건을 꺼내 닦아 준 석기가 이번에는 아이의 머리를 쓸어 주면서 말했다.

"솔직하게 말할게요. 오늘 찾아온 손님은 아람 양의 엄마가 맞아요. 하지만 지금 당장은 아람 양이 엄마와 함께 사는 것은 곤란해요. 치료가 필요하거든요."

"우리 엄마 어디 아파요?"

박아람 눈동자가 엄마에 대한 걱정으로 파르르 흔들렸다.

아무리 박아람이 또래 아이들에 비해 철도 들고 영특하다고 해도 아이는 아이였다.

그런 아이에게 엄마 이영실이 불치병에 걸린 것을 사실대로 밝히기는 거리낌이 들었다.

"맞아요. 아파요. 하지만 심한 것은 아니니 걱정 말아요. 한 일주일 정도만 치료받고 나면 회복될 수 있는 병이니, 그 후부터는 아람 양이 원한다면 엄마랑 함께 살아도 괜찮아요."

"아, 정말 다행이에요! 일주일 정도면 저 잘 참을 수 있어요! 우리 엄마 잘 부탁드려요, 대표님!"

박아람은 안도하는 기색으로 한숨을 내쉬다가 자리에서 일어나 석기를 향해 두 손을 모아 쥐고 공손히 인사했다.

아이도 눈치가 있었다.

그러니 유토피아를 찾아온 손님, 바로 엄마였을 것이라 생각했으리라.

하지만 엄마에게 무슨 사정이 있기에 석기가 이리 나왔을 것이라 여겼다.

석기를 믿고 있기에 일주일만 기다리면 엄마를 볼 수 있다는 생각에 벌써부터 아이는 가슴이 두근거렸다.

✦

다음 날.

이영실은 유토피아 힐링센터에서 일주일 동안 성수를 이용한 불치병 치료에 들어갔다.

이제까지 힐링센터를 경험했던 이들이 사용했던 성수에 비하면 상당히 고농도의 성수.

블루의 정보대로라면 그걸 하루 한 시간씩, 일주일간 노출시킬 경우 불치병이 치료가 될 수 있다고 했다.

피부에 심각한 문제가 있거나 초고도 비만의 몸을 날씬하게 만들어 주는 일은 해 봤지만 성수로 불치병 치료는 처음이었기에 한편으론 불안한 마음도 들었다.

하지만 석기는 블루를 믿었다.

블루문을 취한 석기의 능력이 가공할 정도로 커진 만큼, 석기를 조력할 도우미 역할인 블루 역시 놀라운 성장을 이룬 것이다.

그랬기에 현대 의학 기술로도 고치지 못할 불치병마저 성수로 치료할 수 있게 된 것이다.

❈

그렇게 일주일이 흘러갔다.

그리고 드디어 박아람 엄마 이영실의 치료가 끝났다.

하지만 검증이 필요했다.

해서 석기가 아는 병원에서 이영실은 정밀검사를 받게 되었고, 의사는 불치병이 치료가 된 것을 확인하자 그걸 기적이라고 표현했다.

"이제 치료는 끝났습니다! 이영실 씨의 불치병이 모두 완치되었음을 병원에서도 확인된 상태이니 더는 걱정하지 않으셔도 됩니다!"

박아람 엄마 이영실은 의사에게는 비밀로 했지만 그녀의

불치병이 낫게 된 것은 바로 석기로 인해서임을 알고 있기에, 그녀는 석기를 향해 큰절을 올리며 말했다.

"저를 살려 주신 은혜 평생 잊지 않을 겁니다! 정말 감사합니다!"

확실히 이영실은 불치병이 치료되자 처음에 만났을 때에 비해 몰라볼 정도로 달라진 상태였다.

생기가 넘치는 그녀는 연예인으로 착각할 정도로 아주 예뻤다.

그걸 보면 박아람의 예쁜 외모가 엄마를 닮은 것임을 알 수 있었다.

채현우 사장이 본다면 이영실을 당장 유토피아 엔터의 연예인으로 계약을 하고자 나올 터.

"앞으로 두 번 다시는 아람 양을 슬프게 만들지 마세요. 그것이 제게 은혜를 갚는 일입니다."

"네! 그렇게 하겠습니다!"

이영실에게 석기는 은인이었다.

죽어가는 그녀를 살려 준 은인.

그가 어떤 말을 해도 기꺼이 따를 각오였다.

사실 박아람 엄마의 불치병을 낫게 해 준 것은 꼭 이영실에게만 좋은 일은 아니었다.

석기에게도 좋은 일이었다.

성수의 가치가 그 정도로 엄청나다는 것을 다시 한 번 실감하게 되었으니 말이다.

어떻게 보면 한편으론 이영실은 성수의 활용을 위한 임상 실험에 필요한 모르모트가 되어 준 셈이기도 했다.

그녀는 공짜로 불치병을 치료받고, 석기는 공짜로 그녀를 통해 성수의 가치를 확인하게 되었으니, 어찌 보면 서로가 손해 볼 것이 없는 훌륭한 거래인 셈이기도 했다.

"그리고 제가 아람 양 어머님 병을 치료해 준 것에 대해선 세상에 밝히지 않았으면 합니다. 아람 양에게도 어머님이 편찮으시긴 해도 불치병에 걸린 사실까지는 모르고 있으니 말이죠."

"알겠습니다. 제가 그동안 힐링센터에서 불치병을 치료받은 일은 비밀로 하겠습니다."

이영실은 말만이 아니라 성수로 불치병을 치료받았다는 사실을 누구에게도 털어놓지 못할 것이다. 심지어는 박아람에게조차.

방금 이영실이 석기 앞에서 비밀을 지킬 것을 약속한 순간 성수의 힘으로 그것이 각서 효력을 발휘하게 된 탓이다.

그렇게 박아람 엄마 이영실의 불치병 치료가 끝나자 석기는 한편으론 성수를 이용하여 세상에 존재하는 희귀병을 치료하는 일에 도전해 보는 것도 나름대로 의미가 있을 것이란 생각도 들었다.

하지만 그 문제는 차차 생각해 보기로 했다.

지금은 당면한 과제가 있었기에.

주현문 총수에 대한 복수.

그것이 정리되고 나서 성수를 이용하여 세상을 이롭게 하는 일에 도전해도 늦지 않았다.

이영실은 집으로 돌아갔다.

박아람 곁으로.

박아람 할머니 박순자의 입가에 며느리가 집에 돌아온 사실에 환한 미소가 머물렀다.

또한 박아람은 이제부터 엄마와 함께 살게 된 것에 행복한 표정으로 엄마의 품속에 뛰어들었다.

❀

11월이 되었다.

주현문 총수의 자산 정리가 모두 끝났다.

이제 남은 것은 총수의 집안의 비밀 금고에 숨겨진 자산만이 남아 있을 뿐이었다.

그건 명의 변경을 하지 않더라도 얼마든지 손에 거머쥔 자가 주인이었기에 굳이 처리를 할 필요는 없었다.

장례식까지 이제 사흘이 남았다.

도혁수는 그것에 맞춰 총수 주현문의 지병이 악화된 것으로 기자들에게 정보를 흘리게 되었다.

사흘 후에 총수가 사망에 이른 사인은 악화된 지병이 원인으로 밝혀질 터.

그렇게 총수의 장례식 준비를 하는 동안 손발이 맞는 필요한 사람을 도혁수 편으로 끌어들이는 일도 필요했다.

하수인 중에서 도혁수에 대해 충성심이 강한 이들로 골랐으니 함부로 입을 나불대지는 않을 터.

또한 총수의 공식적인 사망 선언을 받아 내기 위해 주치의도 끌어들여야만 했다.

다행히 주치의는 입이 무거운 자였다.

그 역시 병원을 차질 없이 꾸려 나가기 위해 도혁수를 돕기로 했다.

"나를 대체할 시신이 필요할 걸세."

가짜 장례식이라 해도 시신은 필요했다.

때마침 총수와 비슷한 분위기인 노인이 사망한 상태였다.

무연고 노인의 시신을 병원의 영안실 냉동고에 보관하게 되었다.

나중에 총수를 대신하여 화려한 장례식을 치르게 될 터.

죽은 노인에게도 잘된 일이라 볼 수 있었다.

"흐음, 이 정도면 누구도 몰라보긴 하겠군."

주현문은 시신을 보고 싶어 했기에 사람들 눈을 피해 영안실까지 내려왔다.

냉동고에 보관된 노인의 시신을 확인한 총수는 만족한 기색이었다.

시신의 체격은 총수보다 마른 편이었지만 전반적으로 총수와 비슷한 분위기였다.

죽기 전에 지병으로 고생을 해서 마른 것이라 둘러대면 되니 문제될 것은 없었다.

"사람들 입단속은 단단히 해 놓았겠지?"

"물론입니다."

"이제 사흘 후면 나의 가짜 장례식을 치르게 되겠군."

"그렇게 될 겁니다. 장례식을 치르고 나면 세상 사람들은 의심 없이 총수님께서 돌아가신 것으로 받아들일 것입니다."

"그만 봐도 되겠어. 문을 닫지."

"알겠습니다."

도혁수가 냉동고 문을 닫는 것을 지켜보던 총수가 근처의 휠체어로 걸어가다 문득 생각난 것이 있는 듯 다시 물었다.

"장례식은 며칠로 갈 건가?"

"3일장이 대세이나 재력가이신 총수님의 장례식이니 5일장으로 가는 편이 사람들의 의심을 사지 않을 겁니다."

"하긴 내 진짜 장례식은 아니나 그래도 5일장이 좋긴 하겠군."

"사망 선고를 받고 나면 연말이 되기까지 섬에서 지내시는 것이 좋겠습니다."

"나보고 섬에서 지내라고?"

"그곳에 사위 분과 외손녀가 머물고 있으니 심심하지는 않을 것이라 생각합니다."

"허어! 똥오줌도 못 가리는 그놈들과 대화가 통할 것이라 생각해?"

"만전을 기하자는 차원에서 말씀드린 겁니다. 평창동에 계셨다가 총수님이 살아 계시다는 소문이 나도 곤란할 테니 말이죠."

"쯧! 알았네. 그럼 성수는 어떻게 한담?"

"성수는 그냥 안전한 곳에 두고 가시는 편이 좋지 않겠습니까? 성수를 담은 용기가 파손되어도 큰 문제이니까요."

"하긴 그렇겠군. 섬보다는 집이 안전하기는 하니까."

"그만 휠체어에 타시죠. 병실로 모시겠습니다."

"알겠네."

휠체어를 탄 총수는 생각이 복잡해 보였다.

가짜로 사망 선고가 내려지는 날, 그때 총수는 섬으로 옮겨지게 될 터.

똥오줌도 못 가리는 사위와 외손녀와 함께 섬에서 지낼 것을 생각하니 벌써부터 스트레스가 이만저만이 아니다.

본래는 총수를 위해 준비한 섬이나, 어쩌다 보니 사위와 외손녀를 가둬 놓는 장소가 되어 버린 곳이다.

하지만 내키지 않아도 도혁수의 말도 일리가 있었기에 따르는 수밖에 없었다.

젊어진 육신으로 새로운 인생을 살기 위해선 연말까지는 필히 죽은 사람처럼 지내야만 했다.

잠시 후.

병원을 벗어난 도혁수는 총수와 나눈 대화 내용을 석기에게 보고하고자 그와 통화를 나누게 되었다.

–일이 착착 진행되고 있군요. 수고하셨습니다. 한데 성수는 섬에 들고 가는 건가요?

"아무래도 섬보다는 비밀 금고가 안전할 테니 평창동에 그냥 두고 가는 것으로 결정 되었습니다."

–물론 섬보다는 평창동에 성수를 놓고 가는 편이 우리로선 좋긴 하나, 총수가 비밀 금고를 상당히 신뢰하고 있나 보군요.

"총수만이 열 수 있도록 제작된 비밀 금고라 그럴 겁니다."

–비밀 금고는 총수가 머무는 안방에 있다고 했던가요?

"그렇게 알고 있습니다. 총수가 섬으로 떠나고 나면 안방을 샅샅이 조사해 볼 생각입니다."

–아닙니다. 워낙 의심이 많은 총수 성격이니 어떤 행동도 취하지 않는 것이 좋겠습니다. 비밀 금고가 안방에 있다는 것만 알고 있으면 됩니다. 나중에 금고를 여는 것은 제가 해결할 수 있는 방법이 있으니까요.

석기의 음성에 자신감이 묻어났다.

어떤 방식으로 비밀 금고를 열 수 있는지는 몰라도, 그가 그렇다면 믿는 것이 좋았기에 도혁수는 알았다고 고개를 끄덕였다.

수능이 끝난 다음 날 새벽.

병원에 입원 중인 주현문 총수.

드디어 총수가 죽을 날이 되었다.

물론 진짜 죽는 것이 아니라 가짜이긴 했지만.

하여간 세상을 속이기 위해선 주치의에 의해 사망 선고를 받기까지 약간의 연기가 필요했다.

일단 바이탈을 체크하는 의료 장비를 손봤다.

심장 박동이 멈춘 것처럼 조작할 필요가 있었다.

그리고 병실로 달려온 의료진에게 총수는 죽은 사람처럼 보여야만 했기에 눈을 감고 연기에 들어갔다.

"총수님께서 사망하셨습니다!"

주치의가 천으로 총수의 얼굴을 가리며 사망을 선언했다.

이어 주치의는 총수가 사망한 날짜와 시간을 선포하듯이 함께 있던 이들을 의식하여 확실하게 밝히고는, 병실에 대기하고 있던 도혁수에게 나머지 일을 맡기겠다는 의미로 병실을 빠져나갔다.

잠시 후.

총수는 영안실로 안치되었다.

하지만 영안실로 들어서자 총수는 얼른 가린 천을 치우고 누웠던 자리에서 일어났다.

연기를 하느라 죽은 척한 것이지만 영안실에 실려서 들어선 상황이 기분 좋을 리는 없었다.

총수를 향해 도혁수가 준비한 옷을 내밀었다.

"얼른 옷을 갈아입으시고 여기서 나가시면 됩니다."

"흐음, 알겠네. 죽는 흉내를 내는 것도 쉬운 일은 아니더군."

"잘하셨습니다. 정말로 돌아가신 것이 아닐까 싶을 정도로 감쪽같았습니다."

"그럼 자네는 이곳에 남아 장례를 준비해야 할 테니 섬까지 따라오진 못하겠군."

"나중에 장례식이 끝나고 나면 찾아뵙겠습니다."

"그럼 뒤를 부탁하네."

옷을 갈아입고 모자까지 눌러 쓴 주현문 총수는 도혁수가 데려온 하수인을 따라 밖에 준비된 차로 움직였다.

그렇게 총수가 영안실에서 사라지자 도혁수는 냉동고에 보관 중인 무연고 노인 시신의 기록표를 주현문 총수의 것으로 바꿔치기하고는 복도로 나왔다.

오늘부터 시작될 총수의 장례식은 이미 사전에 계획된 일이었기에 물이 흐르듯이 막힘없이 착착 순탄하게 진행되었다.

기자들에겐 총수 주현문이 지병이 악화되어 오늘 새벽에 세상을 뜬 것으로 밝혔다.

또한 명성그룹의 경조사 담당 직원들도 도혁수의 지시에 장례식 준비에 박차를 가했다.

국내에서 다섯 손가락 안에 꼽히던 현금 부자로 통하던 명성그룹의 총수가 죽은 일이었다.

비록 죽기 직전에 총수의 혼외자로 언급이 되었던 천승현에게 모든 자산이 몰리게 되긴 했지만 천승현은 총수의 혈육이었기에 총수의 장례를 소홀히 할 수 없었다.

모두가 일사불란하게 총수의 가짜 장례식 준비에 나서게 되었고, 총수가 죽은 소식은 곧장 매스컴에도 보도가 되었다.

오늘 새벽에 모 병원에 입원 중이던 명성그룹 총수 주 씨가 지병이 악화되어 세상을 떠났다는 소식입니다!

명성그룹에서는 총수 주 씨의 장례를 그룹에서 일괄 진행할 예정이며, 가족장이 아닌 그룹장으로 치를 것이라고 밝혔습니다!

주 씨의 장례 기간은 5일장으로 치르게…….

역시 국내에서 현금 부자로 통하던 총수 주현문의 장례 소식은 지상파 여러 방송국에서 앞다투어 보도하게 되었다.

그리고 오늘부터 개봉을 시작된 유토피아 소속 박아람 아역 배우가 열연을 펼친 〈엄마 찾기〉에 대한 소식과, 바로 어제가 수능 날이었다는 것에 수능에 대한 뉴스도 보도가 되었다.

오늘부터 스카이 제작사에서 제작된 오승찬 영화감독의 작품인 〈엄마 찾기〉가 개봉에 들어간다는 소식입니다! 영화의 주인공은 요사이 대중 사이에서 국민조카로 등장한 박아람 아역 배우로 밝혀졌습니다!

올해 수능은 작년에 출제되었던 수능 문제에 비해 다소 쉬웠다는 평가입니다! 영어와 수학은 작년에 비해 쉽게 출제된 반면, 국어는 작년에 비해 조금 어렵게 출제되었다고 합니다!

각 방송국마다 세 가지 내용을 중점으로 뉴스가 보도되었지만 확실히 주현문 총수의 사망 소식이 가장 화젯거리로 작용했다.

주현문 총수가 장례식을 이때로 잡은 것도 바로 그런 이유였기에 한편으론 〈엄마 찾기〉 개봉 소식을 자신의 가짜 장례식으로 묻히게 하려는 총수의 뜻이 이루어진 셈이기도 했다.

하지만 주머니 속의 송곳은 튀어나오기 마련이었다.

주현문 총수로선 〈엄마 찾기〉가 흥행에 실패하기를 바라는 마음에서 훼방을 놓으려는 심산이었지만, 수능이 끝나자 학교에서 단체로 조조 영화를 보러왔던 수험생들이 〈엄마 찾기〉를 관람하고 나서 영화 후기를 올린 것이 불을 지피게 되었다.

　—솔직히 별반 기대안하고 단체로 보러가게 되었는데 영화 완전 끝내줌! 아역 배우 진짜 대박임!

　—나도 담탱 욕하고 영화 보러감ㅋㅋ 근데 개재미짐! 울기도 했지만 간간히 웃음도 빵빵 터지는 영화였음!

　—아역 배우 완전 귀요미!

　—국민조카 아람 양 연기 미쳤다!

　—우리 딸이 학교에서 단체로 〈엄마 찾기〉 보고 와서 하도 재미있다고 가 보라고 해서 방금 친구랑 영화 보고 왔네요~ 정말 감동적인 영화입니다! 아역 배우 연기 진짜 잘하네요~ㅎ

　—전 주말에 와이프랑 함께 볼 생각에 〈엄마 찾기〉 예매했습니다!

　—영화 보고 와서 후기 올림! 간만에 사람 사는 냄새가 나는 가슴이 뭉클한 영화다!

　—가족의 소중함을 일깨워 준 영화!

　—열린 결말이라는 것이 좀 아쉽긴 하지만 아이가 엄마를 찾아 행복했으면 해요~ㅎㅎ

　—아람 양 실제 엄마를 찾았다는 말도 있던데여~

　—오홀! 레알? ㅊㅋㅊㅋ

　—아람 양! 축하한다!

–얼마나 좋을까?ㅎㅎㅎㅎ

–이제 꽃길만 걸어라~

〈엄마 찾기〉 영화를 관람한 관객들의 반응은 하나같이 호평일색이었다.

게다가 박아람이 실제로 엄마를 찾았다는 소문이 퍼지게 되면서 대중이 더욱 영화에 뜨거운 관심을 보여 주었다.

⊗

유토피아 대표실.

퇴근 무렵 채현우 사장이 잔뜩 들뜬 기색으로 석기를 찾아왔다.

"이대로 가다간 정말로 대표님 말씀대로 천만 관객을 넘길 수도 있겠습니다! 하하하!"

채현우 사장은 개봉 첫날부터 〈엄마 찾기〉를 찾는 관람객의 수가 갈수록 늘어나고 있다는 것에 입이 아주 찢어졌다.

처음에 할머니와 어렵게 살고 있는 박아람을 유토피아 소속 아역 배우로 계약했을 당시에는 아이에게 측은지심이 더욱 강했다.

하지만 석기는 아이에게 뭔가를 본 것이 분명했다.

역시 석기의 짐작대로 박아람은 알을 깨고 나온 새와도 같앗고, 놀라운 적응력을 보여 주었고, 이제는 연기 천재로 알려지기까지 했다.

유토피아 배우들 중에서 유일한 아역 배우인 박아람이 너무 자랑스럽고 대견했다.

또한 박아람으로 인해 유토피아 엔터 소속의 다른 연예인들에게도 더욱 긍정적인 에너지를 심어 준 것도 아주 기쁜 일이었다.

"무엇보다 아람 양이 엄마와 함께 살게 된 것이 알려지면서 그것이 시너지 작용을 하게 되었습니다. 비록 영화에서는 열린 결말로 끝냈지만, 오히려 그런 점이 영화를 더욱 호의적으로 만들어 주고 있는 분위기입니다."

"다행이네요."

석기는 채현우의 흥분한 얼굴을 보며 빙그레 웃었다.

〈엄마 찾기〉 영화가 대박을 터트릴 것을 아우라를 통해 짐작은 했지만, 채현우의 말대로 박아람이 엄마를 찾은 것이 영화에도 좋은 영향을 끼친 것은 사실이었다.

박아람 엄마 이영실의 불치병을 치료해 준 석기이나 채현우는 그 사실까지는 모르고 있었다.

하여간 중요한 것은 주현문 총수의 방해 작전에도 불구하고 〈엄마 찾기〉는 영화 개봉 첫날부터 즐거운 비명이 흘러나오게 되었다는 것이다.

또한 〈엄마 찾기〉 상영관을 대대적으로 배포해 준 명성배급사도 덩달아 수익을 크게 올리게 되었으니, 명성 임원들에게 도혁수의 사업 마인드도 좋게 평가받게 되었다.

만일 오세라가 회장 자리를 계속 차지하고 있었더라면 〈엄마 찾기〉를 배척하고자 인기도 없는 영화에 상영관을 내주어 손가락을 빠는 꼴이 되었을 테니 말이다.

"그럼 전 이만 나가 보겠습니다! 오늘 기분이 너무 좋아서 오 감독과 함께 술이나 한잔하기로 했거든요!"

"그래요, 좋은 시간 보내세요."

채현우가 대표실에서 나가자 석기도 자리에서 일어나 외투를 걸치고 밖으로 나왔다.

지금 한창 주현문 총수의 가짜 장례식을 치르고 있는 상황이다.

도혁수를 통해 그곳의 돌아가는 분위기는 대충 전해 들었다.

총수의 장례식에 가족들이 한 명도 참석하지 않은 상태였다.

빈소를 찾아온 이들은 겉으론 말은 안 해도 속으론 그런 상황을 잔뜩 비웃고 있을 터.

'모두 자승자박이다.'

주현문 총수는 과거에 부인과 사별했기에 가족으로 딸 주영애가 있지만, 그녀는 마약중독자로 외국의 수녀원에 갇혀 있는 상태이니 장례식에 참석할 수가 없었다.

또한 사위 오장환과 외손녀 오세라는 백치가 되어 섬에 갇힌 신세여서 역시 그들도 장례식에 참석하지 못했다.

그리고 마지막으로 뒤늦게 총수의 혼외자로 밝혀진 천승현이 있지만 그는 가상 인물이란 점이다.

아직은 세상에 얼굴을 드러낼 시기가 아니란 점에 장례식에 참석해선 절대 안 되는 일이었다.

그런 상황이니 장례식에 참석한 이들은 대놓고 말은 못하지만 돈을 아무리 쌓아 놓아도 죽으면 말짱 무용지물이라면서 죽은 총수를 향해 손가락질하고 있을 터.

역시 아니나 다를까.

장례식장에 참석했던 정재계 인물들이 밖으로 나오자 주현문 총수를 열심히 씹어 대기 시작했다.

"쯧쯧! 빈소 꼬락서니를 보니 주 총수도 불쌍한 사람이지 않는가. 돈이 많으면 뭐 하나? 죽으면 말짱 소용없는 것인데."

"그러게 말이야. 빈소에 명성 직원들만 잔뜩 있지. 정작 필요한 가족들은 누구도 없지 않는가?"

"그걸 보면 도 회장이 참으로 의리는 있는 사람일세. 주 총수가 죽었으니 이제 끈 떨어진 연일 텐데도 저리 빈소를 지키고자 애를 쓰고 있으니 말이지."

"죽은 주 총수에게는 안된 일이나 그나마 죽기 전에 도 회장을 명성미디어 회장 자리에 앉힌 것은 어찌 보면 신의 한

수였네!"

"맞네! 암! 도 회장이 총수의 가족들보다 백배는 낫지!"

"한데 듣자하니 주 총수 가족들이 죄다 파탄이 났다더니 그게 진짜인 모양일세."

"딸은 외국에서 마약에 찌들어 살다가 수녀원에 갇힌 신세고, 사위와 외손녀도 정신에 문제가 생겨서 똥오줌도 못 가리는 처지가 되었다지?"

"이건 모두 인과응보가 아니겠는가? 과거에 주 총수가 사람들 눈에서 피눈물을 빼게 만든 일이 어디 한두 가지인가?"

"쯧쯧! 하긴 주 총수가 과거에 정부를 믿고 여러 사람 목숨을 거두게 만들기는 했지."

"흐음, 빈소에 얼굴은 비췄으니 그만 가 보는 것이 좋겠네."

"나중에 다시 보세."

정재계 인물들이 자리를 떴지만 그들이 모여서 수군거리는 소리를 마침 기자가 듣게 된 것이 문제였다.

기자는 정재계 인물들이 떠들어 댄 말을 토대로 인터넷에 주현문 총수의 장례식에 대한 기사를 올려 버렸다.

고인이 된 M그룹 주 총수! 오늘 본 기자는 고인을 위해 마련된 빈소를 방문했지만, 놀랍게도 고인의 가족들은 한 명도 참석하지 않은 상태였다. 외국에 나가 있는 딸 주 씨는 현재 외국에서 마약 치료 중이라 장례식에 참석하지 못하게 되었다. 또한 사위 오 씨와 외손녀 오 양은 정신에 심각한 문제가 생겨 요양원에 입원 중인 상태로 역시 이들도 장례식에 참석하지 못한 것으로 안다. 대한민국에서 다섯 손가락에 꼽히는 현금 부자로 통하던 기업의 한 총수였지만, 빈소에 가족들은 없고 그룹의 직원들로 북적이는 분위기가 왠지 모르게 본 기자로선 쓸쓸하게 느껴졌다.

한편, 기자가 올린 빈소 방문 후기에 대중은 돈보다 소중한 것이 바로 가족이라고 생각하게 되었고, 뜻밖에도 기자의 빈소 방문 후기는 아이러니하게도 대중에게 오늘 개봉된 영화 〈엄마 찾기〉에 더욱 뜨거운 관심을 갖게 만들었다.

시간이 훌쩍 흘러갔다.
연말이 바로 내일로 다가왔다.
가짜 장례식을 치른 날부터 지금까지 계속 섬에서만 지냈던 주현문이 드디어 오늘 저녁에 서울 평창동 집으로 돌아오게 되었다.
"빌어먹을! 똥오줌도 못 가리는 그것들과 함께 섬에서 지내느라 정말 죽을 맛이었다네! 성수를 생각해서 참았지, 아니면 그것들을 물에 빠트려 수장시켜 버렸을 걸세!"

주현문 총수는 집에 돌아오자 도혁수에게 섬에서 갇혀 지낸 것에 이를 갈면서 푸념을 늘어놓았다.

"그동안 고생 많으셨습니다! 하지만 내일부터는 젊은 육신으로 탈바꿈하실 테니 새로운 인생을 즐기는 일만 남으셨습니다!"

도혁수는 총수가 오장환과 오세라가 얼마나 처절하게 망가졌는지에 대해 밤새 푸념을 늘어놓을 기세인지라 얼른 분위기 환기에 나섰다.

다행히 총수가 관심을 갖고 있는 부분을 언급한 것이 통했는지 총수가 그제야 감정을 추스르기 시작했다.

"하여간 자네도 고생이 많았네. 이곳에 남아서 이것저것 뒤치다꺼리를 해야 했을 테니."

"아닙니다. 고생이야 섬에서 지내신 총수님께서 하셨죠. 한데 오늘 밤은 답답하시더라도 정원 산책은 금하는 것이 좋겠습니다. 이제 세상에 총수님은 고인이 되신 것으로 알려진 상태이니까요. 가상 인물 천승현에 대한 정보를 알아내고자 기자들이 현재 눈에 불을 켜고 있는 상황입니다. 지금으로선 어떤 빌미도 주어선 안 되는 일이니까요. 그래서 보다시피 일부러 집 안에 있던 고용인들도 모두 휴가를 보낸 상태입니다."

"흐음, 그럼 식사는?"

"식사는 죄송하지만 불편하시더라도 주방의 냉장고에 제가 사다 놓은 죽과 샌드위치로 해결하시는 것이 좋겠습니다. 주방장까지 보낸 상황이라서 말입니다."

"흠흠, 역시 치밀한 구석이 있군. 좋네. 하루 정도 제대로 챙겨 먹지 않는다고 크게 문제될 것은 없으니 염려 말게. 그럼 자네도 집에 가서 푹 쉬고 내일 내가 성수를 취할 시간에 맞춰서 찾아오도록 하게. 밤 11시 정도면 적당하겠군."

"알겠습니다. 그럼 내일 밤 11시에 찾아뵙겠습니다. 편히 쉬십시오."

도혁수가 밖으로 사라지자 총수는 한참 동안 적막에 몸을 맡기었다.

더는 아무런 소음이 들리지 않자 총수는 도혁수가 집을 떠났다는 것에 그제야 안심하고 안방의 책장으로 향했다.

그동안 평창동 집을 비운 상태였기에 비밀 금고에 숨겨 놓은 성수가 그 자리에 제대로 있는지 확인할 필요가 있었다.

척! 처억!

책장에 꽂힌 서책 중에서 몇 권을 뽑아들자, 놀랍게도 벽 속에 숨겨진 비밀스러운 공간이 모습을 드러냈다.

"역시 누구도 이곳을 눈치채지 못한 모양이군."

워낙 의심이 많은 총수였다.

그가 없을 때 혹시 누군가 이곳을 들어올지도 모른다는 것에 바닥에 그만이 아는 표시를 해 놓았는데 그것이 말짱한 상태였다.

만일 누군가 몰래 안에 들어왔다면 바닥에 뿌려 놓은 가루가 이리저리 흩어졌을 것이다.

스윽!

공간을 잠시 둘러보았던 총수가 한쪽 벽면에 걸린 그림 액자를 떼어 내자 비밀 금고가 나타났다.

비번을 입력하자 문이 열렸다.

"어디 나의 보물이 제대로 있나 확인해 볼까?"

총수는 금고 안에 성수가 담긴 호리병이 그대로 놓여 있는 것을 확인하자 그제야 안도의 한숨을 내쉬었다.

'이게 없어지면 정말 큰일이지.'

그렇게 호리병을 들고 흡족하게 웃던 총수는 그걸 내려놓고는 이번엔 금고 옆면의 스위치를 눌렀다.

스르르륵!

계단이 나타났다.

지하 비밀 금고로 향하는 계단이다.

한번 그곳도 체크해 볼 생각에 계단을 타고 지하로 내려왔다.

사실 성수를 지하 금고에 보관할까 생각했지만 혹시 물질의 성분이 변할 것이 염려되어 통풍과 습도, 온도가 철저히 관리될 수 있게 처리한 후 상층 비밀 금고에 보관한 것이다.

"역시 이곳은 여전하군!"

성수를 보관한 비밀 금고가 있는 곳에도 금괴를 비롯하여 수억을 호가하는 그림들이 걸려 있었지만 이곳과는 비교가 되지 못했다.

마치 박물관을 방불케 했다.

공간의 사방 벽면에는 벽돌대신에 번쩍이는 금괴가 산처럼 쌓여 있었고, 여러 곳의 진열대에는 수십억을 호가하는 그림들이며 도자기들이 즐비하게 진열되어 있었다.

또한 다이아몬드며 각종 귀한 보석들이 수북하게 들어 있는 보석함이 여기저기에 깔려 있었다.

'이곳이야말로 진정한 나의 금고이긴 하지.'

그렇게 지하 금고를 한번 둘러본 총수는 다시 위로 올라왔다.

내일을 위해 오늘은 일찍 잠을 자 둘 생각이다.

❊

다음 날 밤이 되었다.

석기의 차가 평창동으로 향했다.

꿈에 부풀어 있는 주현문 총수를 생각하자 조소가 흘러나왔다.

총수가 성수를 취하게 되면 젊은 육신으로 탈바꿈할 수는 있지만, 그것은 오히려 총수를 지옥으로 이끄는 길이 될 것이니 말이다.

"오셨습니까?"

석기의 차가 목적지에 이르자 차고 앞에 도혁수가 차고 문을 열어 놓고 대기하고 있었다.

차고에 차를 주차한 석기가 손목시계를 확인했다.

"지금 시간은 밤 10시 40분. 총수가 11시에 성수를 취하는 습관이 있으니 아직 20분 정도가 남았군요."

"본관까지 거리가 되니 지금 움직이는 것이 좋겠습니다."

"고용인들은 모두 휴가를 보냈다고 했죠?"

"네, 현재 저택 안에는 총수와 저희가 전부라고 보면 됩니다."

석기는 도혁수를 따라 본관 건물로 향했다.

정원의 규모가 꽤 방대해서 한참을 걸어서 본관에 이르렀다.

본관 앞에 두 사람이 멈췄다.

이제부터 주현문 총수에 대한 복수가 시작될 터.

도혁수가 긴장된 눈으로 석기를 쳐다봤다.

"저는 현관으로 들어갈 테니 신 대표님께선 건물의 뒤로 돌아가면 주방으로 통하는 비상문이 있을 겁니다. 그곳을 이용하세요."

"그러죠."

석기와 도혁수는 서로 찢어졌다.

아직 석기가 총수 앞에 모습을 드러내는 것은 일렀기에.

그렇게 석기가 건물 뒤편으로 움직이는 동안 도혁수는 먼저 본관의 현관으로 들어설 수 있었다.

주현문 총수가 앞에 기다리고 있었다.

"시간에 딱 맞춰 왔군."

총수는 오늘을 위해 소지한 정장 중에서 가장 젊어 보이는 정장을 입고 헤어 손질까지 해서 멋을 부린 상태였다.

젊은 육신으로 변하면 지금의 의상이 어울릴지는 모르나 총수로서는 최대한 멋을 냈다.

"컨디션은 어떠십니까?"

"간밤에 달게 자서 그런지 아주 좋네."

하긴 도혁수가 보기에도 어제에 비해 총수의 안색이 한결 좋아 보이긴 했다.

"그럼 자네는 저기 소파에 앉아서 기다리고 있도록 하게나. 만약 무슨 일이 생긴다면 나를 지켜 줄 거라고 믿네."

"물론입니다! 그동안 총수님이 베풀어 주신 은혜를 결코 잊지 않고 있으니, 걱정 말고 성수를 취하도록 하십시오."

"고맙네. 젊어진 육신으로 변한다면 자네의 공을 절대 잊지 않을 걸세."

총수는 나중에 도혁수를 쳐 낼 생각이나 아직은 그가 필요했기에 시커먼 속내를 감추었다.

안방에 들어갔던 총수가 호리병을 들고 거실로 나왔다.

흥분되고도 들뜬 순간이었다.

양평에 있는 유토피아 연구소에서 몰래 훔쳐 온 성수였지만 그것에 죄의식은 전혀 없었다.

그저 성수를 마시고 젊은 육신으로 돌아갈 욕심에만 혈안이 된 총수는 긴장된 표정으로 호리병의 뚜껑을 열었다.

"오호!"

전율이 일 정도로 너무도 싱그럽고도 신비로운 성수의 향기에 총수는 온몸이 부르르 떨려 왔다.

"과연 신이 내린 성수답군!"

하긴 늙은 육신을 젊게 만들어 주는 물이니, 신의 샘물이나 다름없다.

꿀꺽꿀꺽!

총수가 경건한 표정으로 성수를 마시기 시작했다.

물론 맛이 고약하다고 해도 마실 생각이었지만, 의외로 성수의 맛은 기가 막혔다.

이제까지 살아오면서 먹고 마셔 본 그 어떤 것도 비교가되지 않을 정도로 황홀하고도 신비로운 맛이었다.

꿀꺽!

마지막 남은 한 방울의 성수까지 모두 마신 주현문 총수.

가슴이 사정 없이 두근거렸다.

앞의 거울로 그가 천천히 다가섰다.

'정말로 젊어질 수 있을까?'

총수의 입이 서서히 벌어지기 시작했다.

정말로 변화가 일고 있었다.

츠르륵!

일단 머리칼이 변했다.

허연 머리칼이 검은색으로 바뀌었고, 머리숱도 풍성해졌
다.

츠륵! 츠르르륵!

검버섯이 피고 잔뜩 주름이 졌던 얼굴.

피부가 젊은이처럼 탄력이 있게 변했다.

튀어나왔던 볼품없던 복부와 약해진 팔다리.

몰라볼 정도로 복부는 늘씬해지고 팔다리 근육도 탄탄해
졌다.

마치 마법과도 같았다.

'몸이 이렇게 달라졌는데도 하나도 고통스럽지 않다니!'

경이로운 일이 아닐 수 없었다.

늙은 육신이 젊게 변한 것도 엄청난 일인데, 고통이 하나
도 느껴지지 않았다.

오히려 말도 못하게 짜릿한 쾌감이 전신에 퍼져 나가는 느
낌에 참지 못한 총수는 자신도 모르게 야릇한 신음을 흘리고
말았다.

"……!"

한편, 소파에 앉아서 총수의 변화를 눈으로 목격한 도혁수

는 할 말을 잃은 기색이었다.

석기를 믿고 있었지만, 그래도 직접 눈으로 늙은 총수가 젊어지는 장면을 보게 된 것은 충격적인 일이 아닐 수 없었기에.

잠시 후, 변화가 모두 끝났다.

총수는 이제 새파랗게 젊은 20대 사내가 되었다.

"허허허허! 맙소사, 사실이었어! 내가 젊어지다니!"

총수 주현문은 거울을 통해 젊은이로 변한 자신의 모습을 들여다보며 크게 흥분했다.

외모만이 아니라 전신에 감도는 기운도 늙은이였을 때와는 비교가 되지 않을 정도로 쌩쌩했다.

마치 세상을 손에 거머쥔 기분이 들었다.

하지만 바로 그때였다.

실내의 한곳에서 총수의 변신을 지켜보고 있었던 석기.

그가 조소를 머금은 눈빛으로 기뻐서 어쩔 줄을 몰라 하는 총수의 곁으로 다가왔다.

"헉! 네, 네놈은?"

젊은 육신으로 탈바꿈한 것에 기쁨으로 들떴던 총수는 석기의 등장에 갑자기 얼음물을 뒤집어쓴 것처럼 정신이 확 들었다.

"도 회장! 저놈이 어떻게 여길 들어온 것이지?"

총수가 도혁수를 쳐다봤다.

석기의 등장에도 도혁수는 그를 막을 기색이 없이 방관하듯이 잠자코 지켜보고만 있었다.

'설마 이놈들이?'

주현문 총수는 그제야 가슴 한구석이 서늘해지면서, 석기와 도혁수가 짜고서 뭔가의 일을 벌인 것임을 눈치채게 되었다.

하지만 성수는 이미 사라졌다.

총수가 성수를 모두 취한 것이다.

그리고 성수 덕분에 육신이 이렇게 이십대로 변했다.

성수를 잃어버린 것에 석기가 분해서 이곳을 찾아왔다고 생각하자 총수는 여유를 찾을 수 있었다.

"성수를 찾으러 온 모양인데, 한발 늦었다! 보다시피 그걸 내가 모두 마셔 버렸더니 이렇게 젊어졌네? 하하하!"

하지만 총수의 그런 태도에 석기의 비웃음이 더욱 커졌다.

"젊어진 육신? 그것이 과연 얼마나 유지될 수 있을 것 같나?"

"뭐, 뭐라고?"

"복수를 위해 이 순간을 기다려 왔다!"

"복수? 무슨 복수를……."

"난 천운그룹 회장의 아들이다! 또한 도혁수 씨는 명성기업 사장의 혈육이지! 네놈이 과거에 저지른 죄를 누구보다 네놈이 잘 알고 있을 터!"

석기의 동공에서 시퍼런 불꽃이 일렁였다.

도혁수 역시 증오로 가득한 눈으로 총수를 노려봤다.

"너, 너희가…… 천운그룹과 명성기업의 혈육이라고?"

"그렇다! 과거에 저지른 죄도 엄청난데 성수까지 훔친 네 놈이다! 이제 그 대가를 치르게 될 거다! 젊어진 너의 육신은 물처럼 녹아 세상에서 사라질 것이다!"

"그, 그게 무슨 헛소리야! 육신이 물처럼 녹아내린다니?"

"육신이 모두 사라질 때까지 지옥 같은 고통에 시달리게 될 것이니 기대해라!"

석기의 말에 총수는 믿을 수 없다는 기색으로 고개를 저어 댔다.

하지만 젊은 육신을 유지한 지 한 시간이 지나자, 석기의 말처럼 양팔에서 지독한 고통이 엄습하더니 정말로 팔이 물처럼 녹아내리기 시작했다.

"크으윽!"

몸이 녹아내리자 지옥 같은 고통이 찾아왔다.

비명을 질러 대고 싶었지만 목소리가 흘러나오지 않았다.

그렇게 영겁의 시간과도 같은 고통에 몸부림치던 총수.

총수가 더는 이곳에서 보이지 않게 되었다.

거실 바닥에는 그저 총수가 입었던 옷과, 고통을 참지 못해 흘린 눈물처럼 물이 잔뜩 고여 있을 뿐이었다.

주현문에 대한 복수는 끝났다.

총수가 세상에서 흔적도 없이 사라져 버린 것이다.

하지만 이미 그는 죽은 사람으로 세상에 알려진 상태였기에 이렇게 사라진다 해도 문제될 것이 전혀 없었다.

총수가 사라지자 비밀 금고를 여는 일이 남았다.

비밀 금고를 여는 문제는 도혁수와 블루의 도움을 받게 되었다.

먼저 주현문 총수가 섬에 가있는 동안 도혁수의 조력으로 총수의 침실로 사용하는 안방 천장에다 최첨단 CCTV를 몰래 매립해 놓았고, 그로 인하여 수월하게 비밀 공간을 들어설 수 있었다.

의외로 방법은 간단했다.

책장에 꽂힌 서책이 키 포인트였다.

총수가 했던 방식대로 책을 뽑자 비밀 공간이 열린 것이다.

비밀 공간이 열렸으니 다음으로 그곳의 비밀 금고의 비밀번호를 입력하는 것이 필요했다.

그것은 블루에게 맡겼다.

역시 블루는 기대를 저버리지 않고 역할을 충실히 해냈다.

또한 도미노처럼 비밀 금고를 열게 되자, 지하에 숨겨진 또 다른 금고까지 밝혀지게 되었다.

지하 금고는 사실 석기도 예상했던 일이다.

성수를 보관했던 비밀 금고에 쌓여 있는 물량만으로는 탐욕이 강한 주현문의 욕심을 채우기엔 턱없이 부족했기에 말이다.

그랬는데 역시 지하 금고가 있었고, 그곳에 있던 금괴며 진열대의 명화들과 도자기, 보석들까지 합치면 대략 70조에 해당하는 재산이 평창동 안방 안에 숨겨져 있었던 셈이된다.

그것만으로 끝이 아니었다.

평창동 대저택 처리도 필요했다.

앞서 보물찾기처럼 찾아낸 자산에 비해선 저택은 새 발의 피에 불과했지만, 본래 평창동 저택은 석기 집안의 재산이기도 했다.

석기가 어린 시절에 살던 집.

천운그룹이 망하고 석기 부모가 세상을 뜨자 주현문이 그곳을 냉큼 삼켜 버린 것이다.

주현문이 집을 대대적으로 개조를 한 탓에 과거에 석기 가족이 살던 저택보다 지나치게 웅장하고 화려한 면은 있지만, 석기에겐 나름 의미가 깊은 곳이기도 했다.

해서 일단은 천승현의 명의로 돌려놓기는 했지만 나중에 석기에게 매매를 해서 넘기는 방법으로 집을 손에 넣을 생각이다.

그렇게 되면 주현문에게 빼앗겼던 집을 찾아온 셈이 될 터.

"주현문 총수에 대한 복수는 끝났지만 다음 차례로 과거에 정부와 손을 잡고 천운그룹에 압력을 행사했던 세 곳의 기업들도 절대 가만두지 않을 생각입니다. 물론 이제부터는 도혁수 씨와는 상관없는 일이니 손을 떼셔도 무방합니다."

석기는 과거에 정부의 수뇌부와 손을 잡고 석기 집안을 풍비박산 내 버리는데 일조한 나머지 세 곳의 기업도 용서할 수 없었다.

하지만 그건 도혁수와는 상관이 없는 일이었기에 석기 혼자서 복수를 할 생각이었다.

현금 부자로 통했던 명성그룹에는 미치지 못하고 있지만 그래도 국내에서 50위 안에는 드는 세 곳의 기업들이었다.

나쁜 짓을 저질러 놓고 잘 먹고 잘사는 꼴을 봐주기가 싫었다.

"신 대표님이 아니었으면 총수에게 복수를 하는 일이 어쩌면 평생이 걸려도 해내지 못했을지도 모를 일입니다."

도혁수는 석기를 은인으로 생각했다.

석기의 능력 덕분에 총수에 대한 복수를 시원하게 할 수 있었다고 여겼다.

해서 도혁수는 남은 인생을 석기에게 걸기로 작정했다.

"저는 앞으로 신 대표님과 평생을 함께할 생각입니다. 그러니 신 대표님의 일은 저에게도 아주 중요한 일입니다. 함께 일을 도모할 수 있게 해 주십시오."

도혁수에게 이미 많은 패를 보인 석기 입장이다. 손절보다는 영원히 함께하는 편이 좋았다.

해서 도혁수도 석기와 함께 세 곳의 기업들에게 엿을 먹여주는 일을 도모하게 되었다.

한편으론 도혁수처럼 능력 있는 인물과 한편을 먹는 것은 석기로서도 잘된 일이었다.

그렇게 시작한 세 곳의 기업들에 대한 복수는 생각보다 시시하게 끝났다.

사업가에게 있어서 가장 치명적인 것은 바로 자금이었다.

주현문의 자산을 집어삼킨 덕분에 국내에서 손가락에 꼽히는 재력가가 되었으니 석기는 그걸 이용하여 세 곳의 기업에 압박을 가했더니 한 달도 안 되어서 꼬리를 내린 것이다.

과거에 석기의 부모에게 압박을 행사했던 기업 세 곳의 수장들은 모두 갈아치워 버렸고, 세무조사를 받게 되면 감방에서 몇 년은 족히 썩게 될 터였다.

하지만 직원들은 무슨 죄가 있나 싶었기에 세 곳을 인수합병하여 직원들은 계속 회사에서 일을 할 수 있도록 배려해 주었다.

"나 천승현은 명성그룹의 상호를 천운그룹으로 변경할 겁니다!"

세 곳의 기업들에 대한 복수까지 마치자 석기는 그동안 베일에 싸였던 천승현을 드디어 세상에 드러나게 만들었다.

천승현은 곧 석기였다.

외모를 변형하는 일은 이제 석기에게 그리 어려운 일도 아니었다.

이십대의 새파란 나이.

주현문이 성수를 취하고 한 시간가량 유지했던 그때와 같은 모습이기도 했다.

그랬기에 누가 보면 젊은 시절의 주현문을 빼다 박았다고 여길 수도 있을 터.

천승현이 주현문의 혼외자로 세상에 밝혀진 이상 의심을 사지 않기 위해선 주현문의 젊은 시절의 얼굴을 이용하기로 했다.

천승현의 말은 곧 법이나 다름없었기에 그의 주장대로 명성그룹은 천운그룹으로 상호를 변경하게 되었고, 계열사들도 마찬가지였다.

물론 도혁수가 물려받은 명성미디어만 그대로 명성이란 상호를 유지하게 해주었다.

그렇게 천승현은 총수 대행 역할을 하고 있던 도혁수를 대신하여 천운그룹의 총수가 되었다.

"어떻게 천운그룹이……!"

명성이 천운의 상호로 변경된 것에 의문을 품은 인물이 있었다.

바로 구용우 노인이다.

과거에 구용우는 천운그룹의 회장이었던 석기의 부친 밑에서 비서실장을 지냈던 인물이었고, 심지어 유토피아 사업의 핵심이라 볼 수 있는 야산을 석기에게 물려주기까지 했던 고마운 분이다.

그리고 구용우 노인의 아들인 구민재는 어린 시절에 석기가 친형처럼 따르던 존재였고, 현재 석기의 사업을 돕고자 양평 연구실에서 근무하고 있기까지 했다.

그랬기에 주현문에 대한 복수를 끝낸 지금은 적어도 두 사람에게는 과거의 비밀을 어느 정도 밝힐 필요가 있다고 생각했다.

설령 석기가 비밀을 털어놓아도 절대 석기를 배신할 인물들이 아니긴 했다.

※

석기는 구용우 노인과 구민재를 일부러 평창동 대저택으로 초대했다.

석기는 천승현으로 외모를 변형한 상태로 두 사람을 맞이했다.

이곳에서 만나자는 석기의 말에 평창동을 찾아왔지만, 막상 석기는 보이지 않고 천승현이 나타난 것에 구용우와 구민재는 당황한 기색이 역력했다.

"신 대표님과 이곳에서 만나기로 했는데 어떻게 된 일입니까?"

"제가 어르신과 구 팀장님을 이곳에 초대한 겁니다."

"그게 무슨…… 말입니까?"

구용우 노인의 속마음이 들렸다.

[설마 눈앞의 젊은이가 신 대표라도 된다는 말인가?]

구민재 속마음도 들렸다.

[신 대표님이 실없이 할아버지와 나를 이곳에 초대했을 리는 없을 터. 그렇다면 눈앞의 사내가 정말로 신 대표?]

석기는 구용우와 구민재를 향해 빙그레 웃어 보였다.

외모는 비록 천승현의 모습을 하고 있지만 속내는 석기였다.

"두 분이 방금 생각하신 것이 맞습니다. 믿기지 않겠지만 신 대표는 저와 같은 사람이니까요."

외모도 음성도 전혀 다른 천승현이 이런 말을 하자 두 사람은 할 말을 잊은 기색이었다.

그때 그걸 증명하듯이.

스르륵!

석기의 모습으로 돌아왔다.

방금 천승현의 외모였던 그가 석기로 변한 것에, 두 사람이 똑같이 입이 떡 벌리고 말았다.

"두 분께 지금부터 할 얘기가 좀 많습니다."

석기는 두 사람에게 자신이 천운그룹 회장의 혈육이었음을 밝혔다.

그리고 과거에 어머니에게 받은 블루문을 통해 성수를 만들게 되었고, 그것이 지금에 와서 이렇게 천운그룹의 총수인 천승현의 외모로 변형하는 것도 가능해짐을 털어놓았다.

그렇게 모든 얘기가 끝나자 구용우 노인이 눈시울이 붉어진 기색으로 석기를 쳐다봤다.

"도련님께서 살아 계셨다니…… 하늘이 도와주신 모양입니다."

"신 대표님이…… 과거에 나를 따라다니던 그 꼬맹이였다니, 정말 믿기지가 않는군요."

구민재는 마른세수를 계속하면서 지금의 상황이 꿈만 같은 모양인지 횡설수설 하고 있었다.

"하면 주현문 총수가 죽은 것도 도련님과 연관이 된 일입니까?"

"그렇다고 볼 수 있습니다. 저로선 부모님을 허무하게 죽게 만든 총수를 용서할 수 없었으니까요. 하지만 기회를 주었습니다. 그런데도 결국 탐욕을 부리고 양평 연구소에 있던 성수를 훔쳐 혼자만 잘 먹고 잘살겠다고 나오더군요. 그런 인간을 더는 봐줄 수가 없었습니다. 물론 주현문 총수에 대한 복수를 하는 데에 도혁수 씨의 도움도 받은 상태지만요."

"도혁수 씨요?"

"알고 보니 도혁수 씨도 저처럼 주현문 총수로 인해 과거에 가족도 잃고 사업체까지 빼앗긴 상태였습니다. 그래서 서로 뭉치게 되었죠. 제가 한 일에 대해선 나중에 저 세상에서 심판받게 될지는 모르나 후회 따위는 하지 않을 겁니다. 악마나 다름없는 이들을 처리했다고 생각하니까요. 그리고 주현문 총수에게서 취한 자산은 세상을 위해 사용할 생각입니다."

그렇게 석기의 얘기가 끝났다.

구용우나 구민재는 과거에 석기의 집안이 주현문 총수로 인해 풍비박산이 나 버린 것을 누구보다 잘 알고 있기에 그의 심정을 이해했다.

두 사람은 이곳에서 들은 얘기는 무덤까지 가져갈 것임을 약속했고, 앞으로도 계속해서 석기 편에 설 것을 다짐했다.

"이제 도련님께선 더는 과거의 일에 얽매이지 말고 편안하게 사셨으면 좋겠습니다."

"그러려고 노력해 볼게요."

석기 혼자 저택에 남게 되었다.

마음속 응어리를 털어 낸 탓인가.

회귀를 한 이후로.

처음으로 자유로운 기분을 느끼게 되었다.

'블루.'

–네! 마스터!

'우리 여행이나 다녀올까?'

–그것도 좋습니다!

'어디가 좋을까?'

–마야 유적지는 어떻습니까?

'마야 유적지? 그것도 괜찮겠군.'

과거에 석기의 부모님이 신혼여행으로 떠난 마야 유적지.

블루문을 발견한 곳이기도 했다.

❀

다음 날.

여행을 떠나기 전에 정리할 것이 있었다.

유토피아 사업.

그것의 정리가 필요했다.

이제 천운그룹 총수가 되었다.

물론 표면적으론 천승현이 총수였지만 석기와 동일 인물이었다.

천운그룹의 총수로 얼굴을 드러낸 것이 얼마 되지 않은 상태였지만, 도혁수에게 한 달 정도 총수 대행을 더 맡길 생각이다.

지금은 여행이 절실했다.

야산에 묻혔다가 회귀를 한 후로, 너무 숨 가쁘게 달려왔다.

'유토피아 사업 중에서 화장품과 생수만 남기고, 엔터와 제작사는 명성미디어에 합류하는 것이 좋겠어.'

이제 과거의 명성미디어가 아니었다.

그곳의 회장인 도혁수는 석기의 편이었다.

앞으로 명성미디어는 국내 최고의 대형 미디어가 될 터.

그랬기에 유토피아 엔터와 제작사가 명성에 합류하게 되면 보다 큰물에서 놀게 될 것이다. 석기가 빵빵하게 지원해 줄 테니 말이다.

"화장품과 생수는 창수 네가 가져라!"

박창수에게 화장품과 생수 사업을 넘겼다.

유토피아의 핵심 사업인 셈이다. 물론 성수를 만드는 일은 세상에서 석기만이 가능한 일이었기에 꾸준히 박창수를 지원해줄 생각이다.

"나만 부려 먹고 넌 뭐 하려고?"

"놀고먹으려고 그런다."

"그럼 나도 끼워 주라."

"넌 유토피아 대표해야지."

박창수는 유토피아 이사에서 대표로 승진한 것이 얼떨떨한 모양이나, 성실한 녀석이니 사업을 잘 꾸려 나갈 것이라 믿었다.

과거에 박창수의 부친이 석기를 살려 준 은혜에 비해선 약소했지만, 욕심이 없는 녀석에게는 이 정도가 적당했다.

너무 큰 선물은 오히려 부담스러워할 테니 말이다.

그렇게 모든 정리가 끝나자 석기는 드디어 여행길에 올랐다.

이상하게 마야 유적지를 떠올리자 가슴이 두근거렸다.

누군가 그곳에서 석기를 기다리고 있을 것만 같았다.

《야산에 묻혀 버렸더니》마칩니다

빌런
경찰 이진우

이해날 현대 판타지 장편소설

『어게인 마이 라이프』 작가 이해날의
뒷목 잡는 특제 막장 복수극이 펼쳐진다!
『빌런 경찰 이진우』

인수합병을 통해 굴지의 대기업 진백을 세운 백동하
임종의 순간, 믿었던 가족과 친구에게 배신당하고
과거와 미래를 보는 능력을 가진 경찰 이진우로 깨어나다!

배신자들에게 지옥을 보여 주기로 결심한 진우는
특별한 능력과 기업사냥꾼으로서의 지식을 활용해
경찰로서 진백을 공략하기 시작하는데……!

전직 회장이 보여 주는 기업사냥의 진수!
상상을 뛰어넘는 대기업 흔들기가 시작된다!

공정거래위원회

현우 현대 판타지 장편소설

중소기업 후려치던 인간 탈곡기
공정거래위원회 팀장이 되다!

인간을 로봇 다루듯 쥐어짜며
갑질로 무장한 채 한명그룹에 충성을 바쳤지만
토사구팽에 교통사고까지 난 성균
깨어나 보니 다른 사람의 몸이다?

새로운 몸으로 눈을 뜨고 나자
비로소 갑질당한 그들의 눈물이 보이는데……
이번 생엔 그 죄를 참회할 수 있을까?

죽음의 문턱에서 얻은 두 번째 삶!
대기업의 그깟 꼼수, 내 눈엔 다 보여!

꿈의 도약, 로크에서 하십시오
(주)로크미디어에서 신인 작가를 모십니다

즐거운 세상, 로크미디어는 꿈을 사랑하고 도전을 두려워하지 않는 작가 분들의 참신한 작품을 기다리고 있습니다. 21세기 장르 문학계를 이끌어 갈 차세대 선두 주자 (주)로크미디어에서 여러분의 나래를 활짝 펴 보시길 바랍니다.

모집 분야 판타지와 무협을 포함한 장르 문학
모집 대상 아마추어 작가, 인터넷 작가
모집 기한 수시 모집
작품 접수 시 유의 사항
   1. 파일명은 작가명_작품명.hwp형식을 갖춰 주십시오.
   1. 파일에 들어갈 내용은 다음과 같습니다.
      ─ 성명(필명인 경우 실명을 밝혀 주세요), 연락처, 이메일 주소
      ─ 제목, 기획 의도
      ─ A4용지 1장 분량의 등장인물 소개
      ─ A4용지 2장 분량의 전체 줄거리
      ─ 본문
   1. 작품이 인터넷에 연재되고 있다면, 게시판명과 사이트의 구체적이고
      정확한 주소를 기재해 주십시오.

선택된 작품은 정식 계약 후 출판물로 간행되어 전국 서점에 유통됩니다.
작가 분은 (주)로크미디어의 전폭적인 지원하에 전속 작가로 활동하시게 됩니다.
※ 자세한 내용은 로크미디어 홈페이지(rokmedia.com)를 참조하세요.

(04167)서울시 마포구 마포대로 45 일진빌딩 6층
(주)로크미디어 편집부 신간 기획 담당자 앞
전화 : 02) 3273-5135
www.rokmedia.com   이메일 : rokmedia@empas.com